# El dibujante de sombras

EL DIBUJANTE DE SOMBRAS
D. R. © Ana Clavel, 2009

ALFAGUARA

De esta edición:
D. R. © Santillana Ediciones Generales, S.A. de C.V., 2009
Av. Universidad 767, Col. del Valle
México, 03100, D.F. Teléfono 5420 7530
www.alfaguara.com.mx

Este libro fue escrito con el apoyo de una beca otorgada por el Sistema Nacional de Creadores del Fondo Nacional para la Cultura y las Artes

Primera edición: septiembre de 2009
Segunda reimpresión: febrero de 2011

ISBN: 978-607-11-0300-0

D. R. © Cubierta: Leonel Sagahón

Impreso en México

# El dibujante de sombras

## Ana Clavel

Sp

# Índice

*A Rogelio Cuéllar,*
*fotógrafo de sombras*

*Encontrar la imagen de mi corazón*
*En las sombras o aquí.*

Hölderlin

# Parte I
## Los primeros años

No hay nada más intrincado que el corazón de un hombre. Esta convicción ha llevado a varios pensadores a comparar el corazón humano con un laberinto.

Todo mundo sabe que los laberintos han existido desde la antigüedad más remota. Ahí está, por ejemplo, el famoso laberinto de Creta donde vivió el Minotauro. Muchos creen que la bestia de rasgos humanos se hallaba ahí aprisionada en contra de su voluntad. Nada más erróneo: según el más avezado de sus cronistas, el laberinto poseía, entre otras maravillas, jardines y hermosas áreas dedicadas al disfrute de los sentidos pues su inventor sabía un secreto clave en la construcción de laberintos:

*No hay laberinto más perfecto que aquel del que no se desea salir.*

Esto llegó a conocerlo demasiado bien nuestro personaje, un dibujante que vivió a la sombra de un sabio de su época: el pastor suizo Johann Kaspar Lavater. Lavater es un nombre casi desconocido en nuestros días, pero hubo un tiempo, a fines del siglo XVIII, en que los visitantes de Zürich hacían una parada obligatoria en la casa del reverendo. De todos los rincones de Europa llegaban forasteros para solicitarle una cartilla fisiognómica y un retrato de sombras realizado por su ayudante.

No lo sabían a ciencia cierta, pero intentaban encontrar una luz en el oscuro laberinto de sus propios corazones.

Se trataba literalmente de otro universo. No existían ni la fotografía ni el cine. El mundo aún se medía con los propios pasos. Fines de siglo XVIII, también llamado Siglo de las Luces, por más que su impronta fueran los claroscuros y los contrastes. Por esos lejanos días, el capitán James Cook descubría el archipiélago de Hawai y era venerado por los aborígenes como un dios; Joseph Guillotin acababa de obtener su título de médico pero aún no se apiadaba de los condenados a muerte con ese artefacto revolucionario que perpetuó aciagamente su memoria: la guillotina; y el todavía joven poeta Goethe se enamoraba de Madame de Stein con sólo contemplar su imagen perfilada en una sombra chinesca.

"Sería un maravilloso espectáculo ver cómo se refleja el mundo en esta alma", había escrito el autor de *Las cuitas del joven Werther* a su reciente amigo Kaspar Lavater, con el retrato de sombras colocado como una efigie en su escribanía, el mismo retrato que le había llegado con una misiva del reverendo, a quien no conocería en persona sino varios años después.

El retrato había sido elaborado por Giotto, no el famoso pintor medieval, sino un dibujante de sombras originario de Winterthur, a quien el pastor de Zürich había recogido de niño y dado el nombre del pintor italiano.

Giotto, el otro Giotto. El desconocido Giotto de Winterthur.

**3**

Lo del nombre de Giotto sucedió así, cuando todavía Lavater no imaginaba convertirse en amigo personal de Goethe, ni soñaba con escribir *Physiognomische Fragmente zur Beförderung der Menschenerkenntnis und Menschenliebe*, un tratado de fisiognomía destinado, por lo menos en el título, a conocer al hombre y a promover el amor a la humanidad, obra que le atraería admiradores y enemigos por igual.

En ese entonces, regresaba a caballo de la vecina aldea de Winterthur, adonde habían requerido sus recién estrenados oficios cristianos ante la muerte inesperada del pastor del lugar. Con precisión, no recordaba si había ido a oficiar una boda o a dar la extremaunción a un moribundo, pero lo cierto fue que en uno de aquellos viajes frecuentes mientras nombraban un sucesor, Johann Kaspar tuvo que parar con el herrero: su caballo renqueaba y él necesitaba estar de regreso en Zürich esa misma noche. Obligado a esperar mientras maese Gerolamus se hacía cargo de su potranco, Kaspar declinó el tarro de cerveza tibia que le ofreciera la mujer del herrero y se dispuso a merodear.

Muy cerca, frente a un cobertizo que servía de depósito de carbón, un grupo de niños atrajo su interés. Al parecer habían estado jugando a esconderse entre las montañas del negro material, a juzgar por lo renegrido de sus vestidos y el hollín que cubría sus rostros. Pero ahora los chicos hacían fila como si esperaran su turno para acercarse a otro que, de rodillas frente a un conjunto de piedras y de espaldas al resto, parecía concentrado en un juego propio.

—Son los huérfanos del carbonero Lüdi. Tenga cuidado, pastor, que lo pueden ensuciar —dijo el maese herrero al verlo dirigirse hacia ellos.

Lavater no le prestó oídos, interesado como estaba en ver lo que hacía aquel niño. Impuso un dedo de silencio hacia los otros que comenzaban a reír y secretearse, y cuando consiguió que se callaran, asomó la cabeza por encima del hombro del chico arrodillado, que no se había percatado de su presencia por estar embebido en su labor.

Lo que vio Johann Kaspar más allá de esa cabecita poblada de enredados rizos oscuros en una melena que bien podía ser la de una niña, fue algo que cambiaría el curso de sus días. Por supuesto, esto sólo lo sabría el pastor años después. Cuando contemplara su vida como un cuadro, una alegoría de luces y sombras. Y si se atrevía a asomar su afilada nariz en la gruta de su alma, sobre todo, contemplaría una pintura de sombras.

Mientras tanto, el pastor miró las manos del niño y las piedras con que jugaba y quedó maravillado.

Con un afilado pedazo de carbón en la mano izquierda, el pequeño pintaba. Sobre la superficie de las piedras. Retratos.

Eran imágenes toscas por los materiales pero extraordinarias por la mano de Dios que así se manifestaba en la diestra de este carbonero —"siniestra" tuvo que corregirse el reverendo pero ya corregiría él al muchacho que era zurdo—. Y de inmediato recordó al pintor Cimabue cuando, según la leyenda, descubrió al pequeño Giotto pintando sobre las piedras del camino, mientras su padre pastoreaba ovejas. Aquel joven Giotto dibujaba precisamente ovejas. Tan naturales que casi se podían tocar los rizos de lana que las cubrían, y tan verdaderas a pesar de la corta edad del ejecutante, con una maestría sólo comprensible por la bondad infinita del Señor que de manera inescrutable prodigaba sus dones. Y Cimabue no había tenido más remedio que llevárselo a su taller en Florencia para enseñarle los secretos de su arte pero, sobre todo, para aprender de él.

Lavater no cabía en sí por el prodigio recién descubierto. Su alma impresionable lo había llevado a detectar desde muy temprana edad otros sutiles milagros que el Señor ponía como señales en su camino.

—Mi pequeño Giotto... —exclamó conmovido el pastor e intentó atraer a sus brazos al niño.

"¡Giotto!", "¡Giotto!", "¡Giotto!", se escuchó en cantinela la burla de los otros chicos.

El aludido se levantó de un salto y echó a correr al interior del cobertizo. Lavater alcanzó a ver su rostro renegrido como el de sus hermanos, su mirada de animalillo acorralado e inocente. "Un diamante oscuro que habrá que pulir", se dijo mientras observaba de nueva cuenta las piedras pintadas. Le sorprendió ver en una de ellas un rostro que no reconocía entre los presentes que habían terminado por seguir al hermano con su algarabía. Se quedó contemplando la piedra unos instantes. Estaba seguro que el rostro ahí plasmado le recordaba a alguien.

Era un rostro de una fragilidad tentadora.

Un ser de facciones tan delicadas como las de un ángel femenino que no obstante revelaban el alma fiera de un mozalbete altivo. ¿Quién podía ser esa criatura tan celestial e intimidante?

La piedra cabía en su puño. Decidió guardarla en un pañuelo y llevarla también con él.

El niño se mantuvo abrazado a su espalda todo el trayecto. Se hizo de noche. Una luna llena iluminaba la oscuridad del cielo. Aún faltaban varias horas para que las puntas de la Grossmünster de Zürich se asomaran en el horizonte. De repente, una sombra curva comenzó a invadir la superficie lunar. Al principio el joven Lavater creyó que se trataba de una nube de grandes proporciones, pero muy pronto detuvo el caballo para contemplar el prodigio.

—Mira, Giotto: un eclipse… —dijo embelesado.

El niño asomó la cabecita por encima del hombro del reverendo pero no dijo nada.

—Escucha muchacho… Tú no lo sabes, pero la Tierra es redonda como una naranja —comenzó a explicar Johann Kaspar con su habitual paciencia de predicador—. Antes se pensaba que no, que la Tierra era plana porque así la percibimos. Pero los eclipses, con su sombra redondeada sobre el sol o, como ahora, sobre la luna, sirvieron a los sabios para probar sus teorías.

Y retomó el paso. No habían pasado ni dos horas cuando la luna se ocultó por completo, devorada por la sombra pertinaz de la Tierra. Sólo en aquel momento, el niño lanzó una exclamación de espanto.

—No temas, Giotto. Como el bien, la luz siempre termina por vencer a la tiniebla.

Una penumbra rojiza los envolvió con la certeza de lo desconocido. No muy lejos, se escuchó el repicar de una campana que alertaba sobre la catástrofe. Los brazos del niño apretaron con fuerza la cintura del reverendo. Después de varios minutos, apareció por fin un filo de luna sonriente. Conforme se fue aclarando, se perfiló también la silueta de un Zürich espectral recién salido del reino de las sombras.

Nadie parecía recordar el nombre anterior de Giotto. Ni Lavater ni el propio muchacho que era silencioso y tímido. Desde su llegada, Anna Schinz, la mujer del pastor, lo miró con dulzura del mismo modo que veía crecer en su vientre de cinco meses el segundo hijo de Johann Kaspar. Con verdadera piedad cristiana talló ella misma el cuerpecillo de Giotto mientras la criada se encargaba de enjuagarlo con la jofaina, risueñas ambas ante el pudor del niño que se cubría el sexo con las manos.

Giotto había crecido entre una docena de hermanos. Sin embargo, muy pronto tuvo que acostumbrarse a desempeñar el papel de hermano mayor de la nueva familia en la que fue recogido, pues su tarea principal, aparte de aprender el oficio del dibujo y la perspectiva, sería acompañar y entretener al pequeño Heinrich, el primer vástago de Kaspar y Anna.

La verdad es que ellos hubieran preferido acortar las diferencias, máxime cuando se percataron del carácter dócil y bondadoso del muchacho, pero la mirada inquisidora de Regula Escher, madre de Kaspar, se obstinó en destinarle un papel de lacayo en la casa familiar, adonde la joven pareja vivía desde sus primeros días de matrimonio.

Con airada desaprobación había visto la madre del pastor aquella liberalidad de recoger a un aldeano desconocido, huérfano y de extracción tan humilde, por más talentos ocultos que tuviera.

Con paciencia, pero también con obstinación, Johann Kaspar escuchó la retahíla de reclamaciones de su madre, mientras su padre, el respetado médico y consejero del cantón, Hans Heinrich Lavater, se mantenía inmóvil en su poltrona con la vista fija en un punto más allá de la ventana, adonde un cielo translúcido transportaba la mirada y los pensamientos. El joven pastor no pudo evitar el recuerdo de una escena semejante, cuando siete años atrás, comunicó a sus padres su deseo de dedicarse al ministerio de Dios. En aquel entonces Regula Escher vom Glas alzó la cabeza en un gesto de soberbia y desdén absolutos y le espetó a su hijo: "Qué audacia la tuya para decidir sobre tu destino sin antes haber consultado a tus padres".

Había sido un error no preparar el terreno en el caso de Giotto, como sí lo hicieron Anna y él cuando se descubrieron enamorados y entonces, trabajaron a la madre de cada uno, primas lejanas, para que fueran ellas las que creyeran que entretejían el destino de sus hijos.

Pero ahora el error estaba hecho. Regula se exaltaba, caminaba de un lado a otro de la habitación, argüía su papel de madre ejemplar, le echaba en cara su deber de buen hijo, obligadamente obediente a la voluntad de sus padres, por más que fuera ya padre de familia y pastor de profesión.

Cuando el episodio de su decisión de ordenarse, habían tenido que hacer acto de presencia ante la mirada intransigente de Regula dos figuras de renombrada influencia en el medio político e intelectual del Zürich de aquella época: Jakob Bodmer y Johann Breitinger, también profesores del joven Lavater en el Collegium Carolinum. Y mucho habían tenido que argumentar y convencer a la señora Lavater para que cediera a los planes de su hijo.

Pero ahora, Johann Kaspar no contaba más que con sus propios recursos. No era por cierto mal orador y sus prédicas iban ganando fama entre los feligreses por su pasión y su poder de convencimiento. Pero con Regula vom Glas, el joven pastor Johann Kaspar Lavater de veintisiete años volvía a ser un niño.

En esta ocasión, sin embargo, Johann Kaspar se había reservado un as bajo la manga. De modo que en el momento en que su madre se llenaba los pulmones con aire renovado para embestir con más punzantes recriminaciones, le indicó a Giotto que hiciera acto de presencia en la sala. Con ropa limpia, calzas, medias y zapatos heredados del orfelinato de Oetenbach donde Lavater era diácono, se presentó el niño ante los padres de Lavater.

Regula Escher lo observó con un desprecio que mal pudo disimular no obstante la sorpresa de encontrarlo tan diferente a la bestezuela que había atisbado a la llegada de Lavater procedente de Winterthur el día anterior. Le sorprendieron también sus rasgos finos y suaves, el cabello sedoso y oscuro que llevaba anudado en una coleta, y una delicadeza corporal tal vez acentuada por la delgadez.

Pero con lo que no contaba fue que el niño, por instrucciones del reverendo, había permanecido tras el biombo de la estancia con papel y carbones y, durante el tiempo que llevaba la discusión, había dibujado el rostro de Regula en el pliego con tal precisión que se sintió halagada. Ahí, en la superficie del papel, brillaba su frente amplia, su nariz ligeramente aguileña, sus labios sensuales en ese gesto de desdén que estaba siempre a punto de estallar en una risa gozosa. Pero ella sabía contener y reprimir esa sonrisa, hasta convertirla en una mueca de burla. Dijo entonces condescendiente:

—Está bien. Que se quede tu aprendiz de pintor. Ya veremos si de verdad la hora de la mañana tiene oro en la boca.

Suele haber razones oscuras en los actos de un hombre. Caminos intrincados en la trama de su alma. A sus veintisiete años, Johann Kaspar estaba lejos de imaginar que la suya era un alma compleja y extremadamente impresionable.

Por eso, unos meses antes de los hechos que aquí se narran, cuando vio agonizar a su querido Felix Hess, amigo desde los años de infancia en que fueron condiscípulos en la escuela latina de la Grossmünster, no pudo sospechar que esa muerte temprana a resultas de una caída de caballo sería el motivo para que ingresara en los dominios de una teología particular: la palingenesia filosófica puesta en boga por esos años por el filósofo y naturalista ginebrino Charles Bonnet.

La palingenesia es un término que data de los griegos y que en resumidas cuentas tiene que ver con la idea de la regeneración y el eterno retorno del que Heráclito y Séneca hablaron abundantemente. "Entonces, bajo idéntica posición de las estrellas en el firmamento, se darán de nuevo un Sócrates y un Platón, y cada uno de los hombres aparecerá de nuevo rodeado del mismo círculo de amigos y conciudadanos… Y tal restauración universal no se dará una sola vez, sino muchas veces, infinitas veces, e inacabablemente se repetirá lo mismo", había afirmado el filósofo latino antes de suicidarse cortándose las venas.

¿Y cómo es que un pastor protestante podía creer tales ideas de corte pagano? La respuesta estaba en la creencia cristiana de la inmortalidad del alma y en el puente "filosófico" que Bonnet intentaba tender entre la existencia biológica y el ser puramente espiritual. Pero sobre todo en la candidez y en el entusiasmo exorbitantes del joven Lavater que poco después lo llevarían a redactar sus *Visiones sobre la eternidad*, una serie de diálogos en los que proclamaba que gracias a la bondad infinita de Dios, el hombre encontraría después de la muerte la restitución futura y completa de todo su ser, de modo semejante a la resurrección del Salvador.

Un par de semanas antes de que Felix Hess se cayera del caballo, su amigo Johann Kaspar le había hecho un retrato. Anna acababa de dar a luz al pequeño Heinrich. Felix, siempre generoso con el amigo y ahora con la joven pareja, les había ofrecido su casa de descanso a orillas del lago Zürich para que Anna se recuperara en ese ámbito campestre, adonde la mirada podía reposar contemplando las montañas de los Alpes en lo alto y las aguas apacibles del lago por lo bajo. Estaban a menos de dos horas de la ciudad y aún no aceptaban la candidatura de Lavater en la iglesia del orfelinato de Oetenbach. Felix iba a visitarlos un par de veces a la semana. Comían, platicaban, leían y se acompañaban gozosos. También remaban y daban paseos por el lago. A Johann Kaspar siempre le había atraído el dibujo, así que hizo llevar a la casa del lago una escribanía y un baúl completos con los rudimentos necesarios: plumillas, rollos de papel, cuadernos, tintas, carbones, sanguinas, incluso el *perspectiva item* que su padre le regalara cuando cumplió diecinueve años.

En una tarde calurosa, mientras Anna amamantaba al niño al pie de un tilo y Johann Kaspar se esforzaba por plasmar en su cuaderno de apuntes un boceto del lago, llegó Felix Hess como embozado en una tristeza peculiar. Lavater reconoció en el amigo el aire de melancolía que solía tener desde los tiempos del colegio, pero también esa otra parte que Felix buscaba siempre disfrazar: una rebeldía fiera, una inconformidad y desazón que no sólo le hacían chispear la mirada sino, contrario a su humildad habitual, mostrarse desdeñoso y altivo. Ni Anna ni Kaspar importunaron al amigo con preguntas ni palabras insustanciales. Lo conocían lo suficiente como para saber que la tormenta terminaría por pasar. Mientras tanto, Lavater probó a plasmar un boceto de su amigo. Y no lo representó con la furia que el mismo Felix buscaba apaciguar con largos suspiros y esa aura de impotencia e indefensión en que se resolvía la borrasca de su cielo interior.

Sin duda, era un rostro de una fragilidad tentadora. Un ser de facciones tan delicadas como las de un ángel sutil que no obstante revelaban el alma fiera de un mozalbete atormentado. ¿Cómo era posible que su amigo amado fuera una criatura tan celestial y a la vez tan intimidante?

Pero Lavater lo representó justamente como le gustaba recordarlo o imaginarlo: la frente amplia, la nariz afilada, la mirada serena, el juicio contenido, la boca discreta.

—Pero este no soy yo... O no del todo... —dijo Felix cuando tomó entre sus manos el dibujo, sonriendo a la luz de un candelero en el interior de la casa, poco antes de despedirse.

La tarde había transcurrido silenciosa, sin que ninguno de los amigos interfiriera en el ánimo del otro. Si acaso, después de acostar al niño en su moisés, Anna regresó por ellos para invitarlos a que pasaran a la estancia. Además del roce de sus vestidos, la escucharon venir porque rezaba en un tono que era casi un canto reposado. Lavater se sumó al rezo y Felix también.

—No... decididamente no soy yo. Me quieres demasiado, mi buen Kaspar.

—No, no siempre eres así —contestó el otro—, pero como buen cristiano, tu deber es sacar esa luz que nuestro Divino Pastor puso en tu interior... y hacerla brillar aún más. Yo... —y aquí Lavater hizo un ademán de modestia colocando su mano en el centro del pecho— no he intentado más que reflejar esa luz.

Suele haber razones oscuras en los actos de un hombre. Caminos intrincados en la trama de su alma. Senderos desconocidos que a veces se revelan en el lapso de una noche, cuando el espíritu ingresa en el reino fulgurante de los sueños. Al menos, eso le sucedió a Johann Kaspar Lavater pocos días después de su encuentro con Giotto. Afiebrado, dejó la cama que compartía con Anna en la calle de Spiegelgasse, la casa familiar de sus padres, para dirigirse a la caballeriza. Ahí donde en una percha había dejado colgada la casaca que usaba para los viajes. En la oscuridad circundante, sólo matizada por la luz plateada de una luna en creciente, tanteó la prenda de viaje y hurgó en los bolsillos hasta dar con el objeto de su búsqueda. Sólo entonces emprendió el regreso hacia su estudio. A la luz de una vela, extendió el pañuelo y descubrió su contenido: la piedra dibujada por el niño que había traído de Winterthur.

Entonces lo supo. Supo que podía haber razones oscuras en los actos de un hombre. Caminos intrincados en la trama de su alma. La piedra le quemaba en el hueco de la mano. Ahí, en la superficie rugosa y curva, aparecían los rasgos de un rostro que le había resultado conocido, pero que en un primer momento no había podido identificar.

Era un rostro de una fragilidad tentadora.

Un ser de facciones tan delicadas como las de un ángel femenino que no obstante revelaban el alma fiera de un mozalbete altivo. Nada menos que su amado amigo Felix Hess, esa criatura tan celestial e intimidante que él, Lavater, no se había atrevido a plasmar más que en su faz lumínica. Pero ¿cómo era posible que Giotto lo hubiera pintado sin haberlo conocido? El vértigo se apoderó del pastor.

Sin embargo, no soltó la piedra. Cabía en su puño. Pero Giotto —ese ser capaz de descubrir potencias del alma inusitadas—, ¿cabría también ahí?

Todas las tardes, después de la hora de la comida y antes de que Lavater regresara a continuar sus labores en el orfelinato, se encerraba con su joven aprendiz en el gabinete de estudio y practicaban a la par ejercicios y modelos tomados de los libros y de copias de grandes cuadros. Había sido una verdadera suerte que el padre de su amigo Heinrich, el pintor de retratos Kaspar Füssli, hubiera terminado por perdonar al hijo ausente, dejando de lado aquel asunto bochornoso en el que también Felix Hess y el propio Lavater se vieron involucrados años atrás.

Fue en realidad un acto de valentía denunciar los delitos y atrocidades del alguacil Felix Grebel por parte de los tres jóvenes amigos y recientemente ordenados pastores: Heinrich Füssli, Felix Hess y Johann Kaspar Lavater. El asunto, que se guarda en los anales de la historia del cantón de Zürich, fue conocido como el caso Grebel. Pero además de un acto patriótico y hasta heroico, también resultó bochornoso por la forma inusual de denunciarlo —una carta abierta que fue dirigida a las máximas autoridades del cantón en un tono exaltado que clamaba justicia cristiana y terrenal—, así como por las influencias del suegro del alguacil Grebel, uno de los burgomaestres más importantes de Zürich. Al final del juicio, no sólo el acusado fue reprendido y castigado. También los tres jóvenes denunciantes fueron obligados a abandonar Zürich en una suerte de exilio temporal.

Los padres de los tres jóvenes patriotas tuvieron que organizar y sufragar la retirada a Alemania, no obstante que no estaban de acuerdo con la liberalidad de ideas y la impetuosidad de los denunciantes, producto sin lugar a dudas de su exaltada "enfermedad de juventud" —como le dijo Regula Lavater a su hijo antes de despedirlo—. "Enfermedad que espero se te quite con el tiempo" —susurró al oído de Kaspar mientras jalaba con discreción la oreja de su hijo de veintiún años como si todavía tuviera cinco.

Pero el caso de Heinrich Füssli fue diferente. Su madre estaba delicada de salud y no pudo soportar la ausencia del hijo amado. Füssli, que no regresaría más a vivir a Zürich salvo en breves estancias y la primera vez sólo a su paso hacia Londres ocho años más tarde, se enteró de la muerte de su madre por una carta que le envió Kaspar Füssli. Ahí, el pintor de retratos que había imaginado para su heredero un flamante porvenir como sacerdote, se dirigió a su hijo en términos ásperos, reclamándole ser el causante de la desgracia familiar. Nunca había sido fácil la relación con él. El joven Heinrich, desde temprana edad, había percibido en el padre una voluntad que necesitaba avasallar la suya, percepción que pudo constatar cuando le presentó sus primeros cuadros —trabajados en secreto, al lado de su amigo Lavater, quien compartía con él esa afición por las formas— y luego más tarde cuando lo obligó a ordenarse reverendo: no, según su padre, él no debía ser pintor porque sus arrebatos y caprichos pictóricos estaban muy distantes de ese arte clásico y reposado que reflejaba el orden y la gracia divinos.

Junto con la carta venía un relicario que había pertenecido a su madre. Kaspar Füssli no se especializaba en retratos en miniatura, pero el amor que alguna vez le había inspirado la joven Mathilda lo había hecho intentarlo. Heinrich había conocido el relicario desde niño y había admirado la belleza de su madre plasmada en el fondo de esa fina caja de metal, semejante al hueso de un melocotón. Había sido la propia Mathilda quien pidió que le entregaran el relicario a su muerte. Y con él en mano, tomó la decisión de no regresar a Zürich, de aprovechar las recomendaciones del embajador británico que conociera en Berlín, el pintor inglés Joshua Reynolds, quien, al ver sus dibujos lo apoyó para emprender una larga estancia de aprendizaje en Italia y de ese modo conocer en vivo la obra de sus admirados Miguel Ángel y Tiziano.

Kaspar Füssli no pudo menos que sorprenderse del giro que tomaron las cosas en la vida de su vástago. Como si una voluntad secreta lo llevara por caminos insospechados. Y tuvo que reconocer la valentía de su hijo para arriesgarse por esos caminos que él mismo hubiera querido transitar. Luego, la soledad y los años hicieron lo suyo. Pero como no podía reconocer abiertamente que se había equivocado, buscó al amigo del hijo ausente. Johann Lavater lo visitaba en su taller al menos una vez por semana. Platicaban de política, de la palingenesia y los estudios del reverendo, y también de pintura. Entonces, algunas veces, como si lo dijera al paso, el pintor de retratos preguntaba si había habido noticias de Heinrich. Y Lavater le contaba de los descubrimientos y avances en materia de arte, o su relación con los mecenas que le encargaban cuadros y lo invitaban a sus palacios de campo, reservándose las veleidades amorosas del amigo que lo habían hecho huir en plena madrugada de la alcoba de un noble veneciano o milanés —ya no recordaba el reverendo cuál había sido la última aventura—, con cuya esposa había pasado la noche.

—Heinrich me ha escrito que piensa establecerse en Londres. Su amigo, el pintor Reynolds, le ha conseguido un puesto vacante en la academia, y Heinrich lo está pensando en serio. Dice que ya es hora de dejar Italia y asentarse —dijo Johann Kaspar tras abrir el tratado *Della Pintura* de Leon Battista Alberti que el viejo Füssli había colocado en sus manos esa tarde.

No hubo una respuesta inmediata. Johann Kaspar pasaba entre tanto los folios de ese libro codiciado, que su amigo Heinrich le encomiara tanto, sobre todo por el método de la perspectiva que Alberti había ideado para sus propios cuadros tres centurias antes.

—Cuántas maravillas posee en su taller, mi estimado señor Füssli…

Tras otro largo silencio, el viejo Füssli encontró por fin la fuerza para decir:

—Pues parece que esas maravillas le están reservadas a usted, mi estimado reverendo. Porque hijo, lo que se dice hijo, lo he perdido. En cambio usted —y aquí el pintor de retratos hizo una pausa con un fulgor renovado en la mirada—, parece bendecido por la providencia. Porque no sólo lo colman con hijos de su señora Anna y los de su orfelinato, sino que al parecer, según he escuchado, tiene usted un joven aprendiz en sus manos. Me han contado que dibuja inspiradamente por la gracia de Dios. No ha de ser un capricho que le llamen el Giotto de Winterthur… Le ofrecería que me lo enviara para enseñarle algunos de los rudimentos del oficio, pero ya estoy viejo y usted sabe que nunca he tenido aprendices, siempre he trabajado en solitario.

Lavater hubiera querido decir que lo del nombre de Giotto se le había ocurrido a él, que el muchacho aún no era tan bueno como podría llegar a serlo y que sin duda altas tareas le estaban destinadas, guiado de la mano pertinente. Dejó el libro de Alberti a un lado y se animó a añadir.

—Agradezco la generosidad del señor Füssli y, por supuesto, nada me deleitaría más que seguir nuestras charlas y la promesa de estos libros, aunque sólo sea en calidad de préstamo. Respecto a haber perdido al amado Heinrich, su señor hijo, creo que algo puede hacerse. Voy a proponerle que en su trayecto a Londres, se haga tiempo para venir a Zürich. Estoy seguro de que no se negará.

Se despidieron. Poco antes de salir, el joven reverendo se volvió hacia el padre de su amigo para solicitarle un favor: ¿sería posible que le prestara en esta ocasión el tratado de Alberti para copiarlo?

Johann Kaspar Lavater supo de los avances de su pupilo pocas semanas antes de la llegada de Heinrich Füssli a Zürich. Esos avances se encontraban en el reverso de dos de los cuadros que a lo largo de varios años el amigo pintor le enviara desde sus diferentes estancias en Italia.

En aquellos tiempos no era tan fácil ver obras de arte a no ser que se contemplaran los originales, lo que no era de despreciarse. Pero si uno no podía viajar, ni conocía a los dueños de las piezas de tal modo que le abrieran los tesoros de sus arcas, el único modo de tener acceso a una obra para aprender de ella eran los grabados incluidos en los escasos libros que por entonces se difundían también a cuentagotas. De manera que si un pintor deseaba aprender el arte de los grandes maestros, el mejor modo era trasladarse a los lugares donde se encontraban esas piezas y contar con la solvencia económica para mantenerse el tiempo que fuera necesario. Tal vez a esto se refiriera medio siglo después Henri Beyle cuando anotaba en sus cuadernos: "El arte tiene manos limpias".

Así pues muchos aprendices de pintores, e incluso maestros ya consumados en la pintura o en otras artes, dirigían sus pasos especialmente a la cuna del esplendor del arte occidental: Italia.

Así lo hicieron Albrecht Dürer y Wolfgang Goethe. Así lo hizo también Heinrich Füssli, quien realizó espléndidas copias de aprendizaje de los cuadros que más admiraba. Varias de esas copias, junto con algunos bocetos propios, fueron destinados a alimentar la amistad con Lavater.

Gracias a esas copias, primero Lavater y después Giotto, pudieron admirar la maestría de numerosos fragmentos de la Capilla Sixtina de Miguel Ángel, la *Madonna de las Rocas* de Da Vinci o el *San Sebastián* de Tiziano, casi como si estuvieran viendo los originales. Y en el reverso de dos de estas copias fue donde el reverendo descubrió estupefacto los trazos del joven aprendiz.

En el primero de ellos aparecía una suerte de estudio en perspectiva lineal de las cabezas de varios de los personajes de los cuadros enviados por Heinrich.

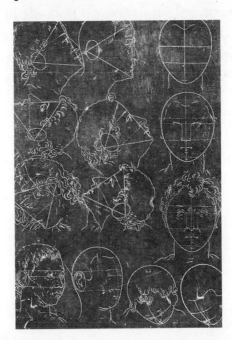

En el segundo, un retrato a la línea de la *Madonna de las Rocas*. Ahí, en el claro perfil de la joven madre había calidez y dulzura infinita. ¿Cómo era que Giotto había podido conseguir con sólo definir unos contornos toda la intensidad del cuadro del gran maestro florentino?

Levantó la vista del reverso del lienzo y la paseó por el estudio como buscando una respuesta. Pero sólo se topó con su propia sombra creada por la bujía que alumbraba a sus espaldas. Sin duda, su joven aprendiz le despertaba admiración. Pero había también un ruido sordo que le restregaba el alma con ecos inusitados. ¿"Vehemencia", "veneración", "exaltación" serían las palabras? Prefirió enfrentar la silueta proyectada en el muro. Y pudo reconocer la fuerza y la pureza de sus sentimientos en el perfil que ahora asumía las formas que él mismo creaba con sólo moverse un poco de lugar.

Entonces supo de la riqueza de una sombra para reflejar los secretos de un alma.

Pero Giotto y el joven pintor Füssli nunca llegaron a encontrarse. Por más increíble que parezca, entre ellos pesó la presencia de un cuadro. En aquella época lo llamaban el cuadro de *La lujuria*, pero también se le conocía por el nombre del tríptico del que formaba parte, *Los placeres terrenales*.

Lo más curioso es que ninguno de los dos llegó a ver ni el tríptico ni el cuadro en particular. A Füssli se lo describió una condesa madrileña en su paso por Nápoles. A Giotto, se lo pintó con vívidas palabras el pastor Lavater en uno de sus sermones dominicales. Pero lo cierto es que tampoco Lavater lo conocía de primera mano. Había sido el propio Heinrich Füssli, impresionado por las imágenes sugeridas por la condesa, quien se lo refirió minuciosamente en su correspondencia.

"No he podido pegar el ojo toda la noche, admirado por esas visiones demenciales", escribió el pintor antes de proceder a describir aquella pesadilla colorística.

Y Lavater que también era sensible al mundo de las imágenes, las usó para pintar los tormentos que el infierno deparaba a los pecadores de la carne, y así impresionar el alma de sus feligreses.

El sermón no estaba dirigido a Giotto.

Pero Giotto lo escuchó como si fuera la única alma pecadora en el mundo. Salió de la parroquia con dificultad y se dirigió al establo donde dormía. Ahí cayó enfermo de fiebre cerebral. El padre de Lavater, que era médico, lo revisó y dio pocas esperanzas.

Pero, contra todo pronóstico, Giotto se recuperó. Unos días después de que el joven pintor Füssli terminara su estancia en Zürich y partiera rumbo a Londres, Giotto recuperó el habla y un poco después los pasos. Tardaría semanas todavía en volver a dibujar. Por Lavater supo que antes de partir, Füssli y su padre se habían reconciliado. También que el amigo del reverendo le había dejado una de sus propias telas a cambio de la silueta de la *Madonna de las Rocas* que dibujara en el reverso de uno de sus cuadros. Según Lavater, Füssli se había sentido impresionado por su manejo lineal y apremiaba al joven dibujante a perfeccionarse en su arte.

Giotto no pareció prestarle atención, embelesado como estaba en contemplar la pintura que Füssli le había obsequiado, en la que una joven enamorada delineaba con una flecha la sombra de un muchacho, producida por una antorcha colocada a sus espaldas. Y era amorosa la mano de la muchacha en plasmar el perfil fugitivo, pero más amorosa la sombra que así se dejaba dar a luz.

El encuentro de Giotto con el sexo femenino fue una suerte de lección botánica coloreada de pintura.

"Giotto, ven…", le había gritado la sirvienta desde la bodega de alimentos. Era la misma muchacha que lo había visto desnudo cuando Anna Schinz lo bañara en el patio trasero a su llegada a Zürich, todavía cubierto de andrajos y hollín. La misma a la que había visto besarse y resollar en los brazos del mozo de cuadra, ocultos los dos en la oscuridad maloliente del establo. La verdad es que Hilde era bonita con sus trenzas rubias y sus mejillas de manzana y esa mirada pícara que sonreía a la menor provocación. No por las mejillas, que le hubiera gustado tocar para saber si de verdad eran tan carnosas como una fruta, sino por la mirada que parecía saber cosas que Giotto ignoraba, era que el niño evitaba a la sirvienta, por más que tuviera que permanecer junto a ella en la cocina, adonde Regula Escher le había asignado tareas lavando trastes y verduras.

Cierto que había otras razones para rehuirla. Porque en más de una ocasión le había pedido que fuera a traer un saco de harina o un cajón de sal y luego lo había dejado encerrado en la bodega. Lo mismo que las veces que le había pedido probar la mezcla de una cacerola para terminar embarrándole la cara, o la ocasión que lo hizo caer de bruces en el fogón y llenarse de cenizas.

Por eso, ahora que Hilde lo llamaba desde la bodega y nadie más estaba en casa, Giotto recelaba. Pero Hilde volvió a insistir.

"Giotto, ven…" Y ante el silencio del muchacho, la joven arremetió:

"Si no vienes, le diré a la señora Regula que te niegas a ayudarme…"

Giotto bajó a la bodega con paso temeroso. Nada bueno podía esperarse de la voz sugestiva de la muchacha. Se detuvo al pie de la escalera hasta que sus ojos se acostumbraron a la penumbra del lugar y procedió a buscarla. Hilde, que lo espiaba desde algún rincón oculto, lo orientó: "Por aquí…", dijo invitándolo a encontrarla. Su voz procedía de atrás de un anaquel de conservas. Giotto dio la vuelta al muro y encontró a la muchacha sentada en cuclillas. Por una ventanita lateral se colaba un poco de luz, así que pudo ver con cierta claridad que Hilde se había recogido las faldas y le mostraba las piernas y el vientre rosado. Con ambas manos, la muchacha se abría la flor de su sexo y lo invitaba a contemplarla.

Era una flor carnosa y húmeda. Con pétalos lúbricos y un botón de rosa turgente en el centro.

Sin duda, era también una flor hipnótica y mágica porque a lo lejos, como en sueños, escuchó de nuevo la voz de Hilde, esta vez invi-

tándolo a tocarla y él, a pesar del horror y la
perplejidad que la situación le provocaba, no
pudo hacer otra cosa que obedecerla. Dio unos
pasos en dirección del misterio y se dejó tomar
la mano por la muchacha. Hilde procedió a co-
locarle la mano como un capullo tímido encima
de aquella humedad ardiente. Apenas sentir la
caricia, la chica comenzó a gemir y resollar
como lo hacía en los brazos del caballerango.
Entonces Giotto retiró la mano asustado. La joven extrañó la caricia y le reclamó con la mirada. Pero él no podía apartar los ojos de la rosa
secreta que afloraba entre las enaguas. Contem-
plarlo así, con la mirada boquiabierta de aquello que nos trastorna y asombra por vez primera,
fue suficiente para que Hilde volviera a gemir
su gozo y procediera a acariciarse sola.

Y Giotto supo entonces del placer que lo
desconocido —esa tonalidad nacarada y rosácea
que nunca antes había contemplado— podía
arremolinar en torno a un fragmento de piel,
pero sobre todo del placer profundo que otro
placer puede hacer florecer en la sangre de uno
con el solo acto de prolongar la mirada.

Después vendría el sermón del reverendo. Con su infierno como un cuadro dantesco. Con sus monstruos que devoraban a los condenados para defecarlos un poco después en un pozo sin fondo. Con sus cuerpos descuartizados que servían de cascarón para albergar máquinas infernales donde otros supliciados eran sometidos a tormento. Con sus sombras de oscuridad abismal apenas diferenciadas del precipicio por el fulgor de hogueras donde diablos animales forjaban las armas y los instrumentos de tortura con que darían cuenta de otros ajusticiados. Y todo por el pecado de la carne. Todo por tocar y por ver. Por desear, pero sobre todo, por gozar el vicio de un cuerpo que no ha sido santificado.

Giotto salió de la parroquia cercado por demonios que batían sus alas de fuego sobre su rostro. Sin duda, querían avivar el fuego que también lo consumía por dentro, un infierno en el cuerpo propio para que la condena y el castigo comenzaran antes de la muerte.

Acostaron a Giotto en una de las habitaciones del primer piso. Desconsolado ante esta que parecía ser una nueva pérdida, el pastor Lavater no encontró mejor remedio que rezar y entonar salmos. Conforme los días pasaban sin que el muchacho empeorase, lo cual en cierta medida era un signo de mejoría, le dio por leerle parábolas bíblicas e historias ejemplares que Giotto escuchaba desde la inconsciencia.

Cuando terminó de recuperarse semanas más tarde, Giotto fue recordando en medio de jirones de memoria algunas de esas historias. Y una frase recitada por el reverendo como si quisiera exorcizar los demonios que atormentaban a su joven aprendiz: "Si tu ojo derecho te es ocasión de pecado, sácatelo y arrójalo de ti; más te conviene que se pierda uno de tus miembros, a que todo tu cuerpo sea arrojado a la Gehenna."

Pero la historia que más lo atemorizaba se grabó en su alma y regresaría a él en otros momentos, modificada, como una pesadilla recurrente.

El pastor de almas había contado una historia que también él había escuchado desde su niñez: Hubo una vez un hombre joven con una gentil sombra que lo acompañaba por el mundo. El joven se inclinaba para saludar a una muchacha y su sombra descolgaba el sombrero en sombra con que ambos reverenciaban a la muchacha. Caminaba por el parque el hombre joven y los niños que salían de la escuela, lo saludaban a él y a su sombra en un coro amistoso y confiado: "Buenos días, tengan el joven caballero y la sombra que lo acompaña…"

Y así vivía feliz el hombre joven con su sombra gentil. Hasta que apareció un hombrecillo de rasgos afilados y siniestro y le propuso comprarle su sombra. El joven dudó, ¿para qué podría querer una sombra un hombre que ya tenía una?, pero terminó cediendo ante la bolsa mágica que el hombrecillo le tendió en pago. De la bolsa era posible extraer monedas de oro interminablemente. El joven comenzó a contarlas, en tanto el hombre se inclinaba a recoger su sombra y la enrollaba como un pliego y se la colocaba bajo el brazo. Pero apenas el joven salió a la calle y saludó a su vecina, la muchacha huyó asustada sin esperar a que terminara la reverencia con que solía saludarla. Se encaminó entonces el hombre joven al parque y el grupo de estudiantes no lo dejó avanzar más que unos pasos, pues tan pronto lo vieron le arrojaron una lluvia de piedras y le gritaron:

—¡Las personas decentes tienen la costumbre de llevar consigo su sombra cuando van a tomar el sol!

Y así el hombre joven que antes había sido feliz, comenzó a saber la importancia de caminar por el mundo con una sombra propia.

Pero en la pesadilla de Giotto era el reverendo Johann Kaspar Lavater quien compraba la sombra del muchacho. Y el muchacho que se quedaba sin sombra no era otro que él mismo. Pero a él no le había ofrecido ninguna bolsa mágica. Y lo que hacía sollozar a Giotto aun dormido, aparte de no poder ya consolarse en los brazos de su propia sombra, era no saber a cambio de qué la había cedido.

# Parte II
## El periodo de sombras

# 1

¿Cómo es posible que el recuerdo de Giotto de Winterthur —el Giotto de nuestra historia— se hubiera desdibujado hasta desaparecer en las sombras? ¿Es la mayor tarea de un hombre estar a la altura de su destino por más que este sea el de la destrucción y el olvido?

Giotto fue sin duda el más consumado artista en el dibujo de sombras, ese arte previo a la fotografía, y trabajó cientos de retratos en el gabinete fisiognómico de Lavater y luego otros tantos cuando decidió conocer Italia y abandonó Zürich y al, ya para entonces, pastor de St. Peter Kirche. Sin embargo, no se conocen más que contados trabajos suyos. ¿Sería porque la mayoría fueron condenados al fuego? ¿O porque muchos de sus trabajos no estaban firmados y los historiadores del arte los atribuyeron al propio Lavater y a otros autores como Lips y Zimmerman?

¿Y por qué no firmaría Giotto sus dibujos? ¿Acaso porque cuando conoció la vida del Giotto original, gracias a *Las vidas de los más excelentes pintores, escultores y arquitectos* de Vasari, libro con el cual el reverendo le enseñó a leer, supo que su nombre era un eco, una suerte de doble que volvía un tanto irreal su propia existencia y lo hizo sentir que la vida que tenía no era suya sino que en realidad era una vida prestada?

¿Sería también por esas oscuras razones que nuestro dibujante de sombras, hecho ya un hombre joven, no se sintió con derecho para ejercitarse en el arte de la pintura, ahí donde el Giotto original y su admirado Miguel Ángel eran maestros indiscutibles? Pero tampoco se animó a seguir sus investigaciones con la impresión de sombras por medio de la luz directa del sol, conforme a las noticias de un anatomista de Nürnberg que había confeccionado en el interior de una botella un dispositivo que creaba tinieblas en pleno mediodía, y luego de ese físico alemán Johann Heinrich Schulze que había descubierto la acción de la luz sobre ciertas sales de plata.

Y es que en su corazón habían pesado las palabras que le espetara el reverendo Lavater en el momento de su partida, cuando el joven aprendiz había adquirido ese grado de maestría que sólo da la obsesión por lo perfecto.

La verdad es que esas palabras las había gritado con rabia el pastor a su joven pupilo, a quien había seguido hasta las murallas de la ciudad. Y retumbaron en los oídos de Giotto en el momento en que se decidía a traspasar la puerta de Lucerna, al suroeste de la ciudad. Pero también las escuchó el guardia de ronda, acostumbrado a escenas semejantes entre una mujer inconforme por la partida de su amante y ahora sorprendido de reconocer al pastor de St. Peter Kirche en ese hombre furibundo hasta la indignación.

El pastor había dicho: "Tú, Giotto de Winterthur, tú, carbonero de nombre inexistente, tú no tienes derecho a nada…"

Sin embargo, antes de que esta maldición fuera lanzada al aire e iniciara su movimiento de ineludible cadena, habrían de pasar otras cosas.

**2**

¿Cuándo comenzó a interesarse Kaspar Lavater por la fisiognomía? Al respecto, hay un episodio singular que el reverendo Heisch consigna en sus *Memoirs of Lavater*, publicadas en Londres hacia mediados del siglo XIX, cuarenta años después de que el pastor de Zürich hubiera exhalado un atormentado último suspiro. En ese entonces, la fama de Johann Kaspar seguía gozando de buena salud. Sus *Fragmentos fisiognómicos* eran todavía referencia obligada para sabios y filósofos, para anatomistas y dibujantes, para teólogos y charlatanes.

También para aquellos, como el reverendo Heisch, que veían en la existencia de Lavater la vida de un santo, y a quien no se cansaban de ofrendar orlas y coronas en el mausoleo de su recuerdo, con esa extraña disposición de ciertos hombres para estamparle a la persona elegida un lucero en la frente y luego ponerse a reverenciarla.

Pero lo del mausoleo fue el propio pastor zurichense quien no se cansó de erigirlo, como lo atestiguan los numerosos retratos que mandó hacer de su persona: Lavater en su gabinete fisiognómico, Lavater con su pasmado hijo Heinrich, Lavater en plena faena de escritura con la pluma en la mano y su tradicional gorro casero enfundado hasta las orejas, Lavater con el filósofo judío Mendelssohn con quien llegaría a sostener una áspera polémica… Y por supuesto, Lavater de perfil, Lavater en sombra.

Sus devotos y defensores nos acusarán de perjuros y blasfemos. Para nosotros resulta revelador el retrato en sombra chinesca de Johann Kaspar Lavater con una guirnalda de flores dibujada por su propia mano, que solía repartir entre amigos y desconocidos.

No en balde, el ya maduro poeta Goethe —el mismo que colaborara de joven en el primer tomo de los *Fragmentos fisiognómicos* y que se preciara de contar a Lavater entre sus amistades más queridas— se mofaba de las pretensiones de su otrora amigo que con "tanta frecuencia se hacía pintar, dibujar y grabar en cobre, divulgando por doquiera su efigie".

Es decir que hay que tomar las *Memorias de Lavater* escritas por el reverendo Heisch con reservas. Y asignarle al episodio de lo que hemos dado en llamar "fisiognomía de un asesino", una importancia relativa.

Aún no había muerto Felix Hess. De hecho, sucedió al día siguiente de que Lavater hiciera el apunte de su rostro aquella tarde a orillas del Zürichsee, cuando el amigo amado tardó en apaciguar la tormenta interior que lo asolaba. Sólo el rezo de la mujer de Johann Kaspar, la cadencia sigilosa de las aguas transparentes del lago y la inmutabilidad de los picos nevados de los Alpes habían conseguido apaciguarlo.

Aquella escena le había causado una fuerte impresión al entonces joven Lavater porque se trataba del amigo de la infancia con quien había compartido oraciones y castigos. También porque Felix Hess murió a las pocas semanas de haber sido plasmado en ese pergamino. Pero asimismo porque iba aparejada a otro episodio que sucedió al día siguiente de realizado aquel retrato, cuando, en ausencia de su padre médico, Johann Kaspar recibió en la casa familiar a un visitante que insistía en saber a qué hora regresaría el doctor. Johann Kaspar lo hizo pasar a la sala de visitas y con el ánimo gentil con que solía dirigirse a todas las personas, hizo acto de presencia ante el recién llegado para explicarle que su padre visitaba esa mañana a sus pacientes del Altstadt, la zona antigua de la ciudad, y no regresaría sino pasado el mediodía. En el momento en que Lavater entró a la sala, encontró al visitante de espaldas, atento en apreciar los detalles de una vitrina decorada con escenas mitológicas.

Apenas volverse el hombre y mirarlo de frente, Kaspar Lavater tuvo una revelación.

Supo que aquel hombre era un asesino con la misma claridad con que se mira uno en una fuente y ve su imagen diáfana en el agua.

El visitante era un extranjero de fino entendimiento, habilidad para la conversación, conocedor de muchas materias. Pero en el interior del reverendo seguía repicando la misma voz: "Este hombre es un asesino". Tuvo que acallarla, avergonzado por precipitarse a juzgar así a una persona que no conocía.

Tras unos minutos de charla, el extranjero se disculpó diciendo que regresaría por la tarde para consultar al señor médico Lavater. No obstante, Johann Kaspar no volvió a verle más.

Al día siguiente corrió el rumor de que aquel hombre era uno de los asesinos del rey de Suecia.

Con la diplomacia y neutralidad que suele atribuirse al carácter de los suizos, las autoridades del cantón de Zürich habían ordenado al extranjero que abandonara la ciudad.

**4**

Apenas enterarse de la noticia que corría de boca en boca en su diario trayecto del lago de Zürich, donde Anna Schinz se recuperaba del parto, hasta Spiegelgasse, la casa familiar en el corazón de la ciudad, Johann Kaspar se dirigió directamente al gabinete de su padre y tomó un pliego de papel. Al no encontrar más que plumas y tinta en su escribanía, bajó a la cocina. El ama se sorprendió de verlo hurgar en el fogón hasta encontrar un trozo de carbón afilado.

De regreso al gabinete, se topó con su madre. Regula Escher lo detuvo en seco: en la diestra traía una carta y en el rostro una sonrisa de orgullo. Habían aceptado la candidatura de Lavater en la iglesia del orfelinato de Oetenbach, al extremo norte de la ciudad. Pero Johann Kaspar apenas si le hizo caso y continuó subiendo las escaleras ante la visible desazón de su madre.

Regula lo siguió intrigada por su actitud hasta el gabinete del padre. Luego lo observó volcarse sobre el pliego de papel y trazar las líneas de un rostro. Dos o tres veces repitió el hijo un esbozo y otras tantas se pasó las manos por la frente en un intento de aclararse la memoria, pero sólo conseguía mancharse de carbón. Ya iba a reprenderlo —qué actuar era ese tan desmesurado, qué ideas de usar un carbón para dibujar y ensuciarse como un niño, por qué se había llevado todos sus instrumentos de dibujo a la cabaña del lago si sólo iban a permanecer allá, él y Anna Schinz con el niño, unas pocas semanas. Sí, era claro que quería alejarse de su madre y gobernarse solo, pero ella no se lo permitiría. No por nada era una Escher.

Entonces se adelantó un par de pasos a la escribanía. Iba a abrir la boca para empezar su retahíla de reclamos, cuando vio que por fin su hijo se concentraba en detallar uno de los rostros. Regula no lo sabía pero Johann Kaspar intentaba hacer un retrato del visitante del día anterior. Plasmar esos rasgos que lo habían hecho saber a él, el nuevo diácono de Oetenbach aunque por el momento pareciera no importarle, que aquel hombre era un asesino. Entonces, en vez de fustigarlo, dijo con asombro:

—¿Por qué pintas a tu amigo Felix con esa aura de refinada malignidad?

Lavater soltó el carbón en el acto. No, no era un retrato de su amigo amado, pero su madre no se equivocaba del todo: ahí estaba una frente semejante, la misma nariz e igual tipo de labios. Por un momento pensó que haber dibujado recientemente a su amigo influía en los trazos actuales. Pero tuvo que reconocer que conforme a su recuerdo del extranjero, había rasgos comunes con el retrato que había hecho en el lago de Zürich unos días antes. Por un momento hizo una operación aritmética elemental y precipitada: Felix Hess había llegado sumido en la desesperación y la culpa porque había matado a alguien. Pero de inmediato desechó la idea como un disparate. ¿Su amado Felix, un asesino? Imposible.

Siguió mirando el retrato recién dibujado. Un taconeo de su madre impaciente lo obligó a inventar una respuesta satisfactoria. Pero mientras intentaba convencer a Regula, su mente seguía preguntándose: ¿será posible leer el alma de una persona a partir de su rostro? Y si es así, ¿por qué dos rostros con facciones semejantes pueden tener una lectura tan diferente, al grado de que en uno se vislumbra el alma de un asesino y en el otro un espíritu atormentado que, sin embargo, lucha por abrirse paso a la luz?

## 5

Abrirle paso a la luz del conocimiento. Esa ha sido una de las tareas que los hombres se han impuesto desde que rompieron la alianza de las palabras y las cosas. Cuando alguien decía "pan" y el pan aparecía en la mesa. Roto el pacto con el mito y su esencia sagrada, había que averiguar el nuevo lazo que se había tendido entre unas y otras, y de ser posible, ir más allá: descifrar en el movimiento de las estrellas la escritura sublime de Dios; encontrar, en el laberinto que cada hombre guarda en su interior, el hilo de Ariadna para atisbar sus secretos más recónditos.

Ese ha sido el motor de la historia de la humanidad desde la época clásica. Ese fue también el principio que rigió el espíritu del Siglo de las Luces, siglo en el que nació y vivió Kaspar Lavater.

Como hombre instruido en materias divinas y terrenales, el joven pastor sabía que el estudio del carácter de las personas a través de su apariencia, y en particular su rostro, era conocido como fisiognomía. Y que el padre de tales estudios era el filósofo griego Aristóteles con un tratado que llevaba por nombre *Physiognomica*, al que muchos consideraban apócrifo.

Pero su información sobre el tema no iba más allá de atribuirle un aura de arte esotérico

y adivinatorio que, para entonces, la fisiognomía se había ganado con creces. Esa fama era,
pues, a los ojos racionalistas de la Ilustración,
motivo suficiente para descalificarla como vía
de conocimiento verdadero y confiable.

Entonces, una ilusión se dibujó en el
alma del joven reverendo. Tal vez, con base en
ensayos y observaciones, comparaciones y ge-
neralizaciones, él, Johann Kaspar Lavater —con
la ayuda del Redentor crucificado— podría
darle a la fisiognomía una base científica para
hacerla un instrumento que sirviera al mejoramiento de los seres humanos. Sus ojos resplan-
decieron. De pronto, una humanidad perfecta,
hermosa y feliz se daba cita en la Grossmünster,
la mismísima catedral de Zürich, y en su imaginación vivaz, era él quien, desde el púlpito,
predicaba y le mostraba el camino a seguir.

Platicó con su padre, el médico Hans
Heinrich Lavater, y con el viejo pintor de retratos Füssli. Uno como físico y el otro como artista se interesaron por sus teorías. De hecho, el
viejo Füssli le sugirió la lectura de un libro: *De
Humana Physiognomia*, del italiano Giambattista della Porta, que alguna vez había visto en
la biblioteca del Collegium Carolinum. De inmediato se aprestó el joven Lavater a visitar su
antigua escuela en medio de las ocupaciones
que ahora tenía como diácono del orfelinato de
Oetenbach, así como concertar una cita con sus
antiguos mentores, Jakob Bodmer y Johann
Breitinger, a fin de exponerles sus ideas, escuchar sus valiosos comentarios y, tal vez, confiar-

les, a ellos solos, las coincidencias de rasgos que había encontrado entre el asesino del rey de Suecia y el amigo amado. Pero entonces, una noticia terrible lo obligó a suspender sus propósitos de manera abrupta.

Felix Hess había galopado a campo traviesa, procedente de Winterthur, con el caballo desbocado como su propia alma. Eso habían dicho los campesinos que lo habían visto desaparecer en las montañas de Dübendorf, como un verdadero endemoniado. Horas después lo encontraron en una barranca todavía vivo. Hubo que idear un camastro para rescatarlo entre varios voluntarios, incluido el propio Lavater, y conducirlo en una carreta hasta Zürich. Pero a la postre tanto esfuerzo resultó inútil cuando unos días después el joven Hess rendía cuentas al Creador, no sin antes padecer una agonía espantosa.

**6**

No exageramos al afirmar que el joven Lavater cayó en una depresión profunda. Episodios de la infancia, adolescencia, primera madurez se agolpaban en su memoria. Y para rematar, ¿no habían hecho aquel viaje a Alemania a resultas de la denuncia del caso Grebel, todo un año conviviendo tiempo completo y hermanándose como nunca?

Claro que también los había acompañado el otro amigo inseparable, Heinrich Füssli, con quien habían visitado lo mismo a filósofos y escritores famosos (Gellert, Mendelssohn, Spalding, Klopstock), que a las mujeres más populares de la Marktplatz (Margrit, Glenda, Eva, Gretel). ¿Acaso no se le habían pasado a Johann Kaspar los tragos por primera vez en su vida en una taberna de Berlín llamada irónicamente "El Buen Pastor", y tuvieron ellos que cargarlo hasta la pensión donde vivían?

Y ahora que el dolor lo hacía tambalear, ¿dónde estaban los amigos de entonces para sostenerlo?

Tres meses después del deceso, Johann Kaspar recibió una carta que Heinrich Füssli le dirigía desde Roma, lamentando el triste acontecimiento. Con la carta, larga y memoriosa, venía una copia de la *Pietà* de Miguel Ángel. Para entonces, sus obligaciones en el orfelinato de Oetenbach, sus deberes como hijo, esposo y padre, los cantos religiosos que componía para su congregación, los artículos morales que publicaba en *Der Erinnerer*, su participación en la sociedad histórica y política de Schuhmacher y Bodmer, así como un nuevo libro que le había llenado de pájaros la cabeza y que se aprestaba a traducir, habían terminado por sacarlo a flote.

Pero al contemplar aquel hermoso dibujo con la *Mater Dolorosa* sosteniendo el cuerpo atormentado de su hijo, se conmovió hasta las lágrimas. Y en su imaginación volátil, le parecía que su amigo Füssli le había enviado con aquel pergamino una alegoría para su corazón todavía maltrecho.

Y ya se veía a sí mismo el pastor tristísimo como una verdadera *mater amorosa*, sosteniendo el cuerpo atribulado de su amigo Felix en una ofrenda para la piedad infinita del Divino Redentor.

Cuando Johann Wolfgang Goethe todavía amaba a Lavater, lo describió como un ave del paraíso, condenada a volar entre el cielo y la tierra, sin jamás poner las patas en el suelo. Claro que al pastor no le agradó el símil del poeta, seguro como estaba de tener los pies bien plantados en la tierra, el alma atenta a las necesidades del prójimo y a sus problemas concretos.

Cierto que era un soñador y a menudo se le iba el tiempo fraguando mil fantasías, de las que también a menudo Anna Schinz lo sacaba para hacerle ver que otra vez había administrado mal su paga y habría que recurrir a la benevolencia de los suegros. Otra vez había comprado demasiados libros, demasiado papel, demasiada tinta. ¿Por qué tenía que leer y escribir tanto? ¿No le bastaba con las obras de la congregación, sus cánticos tradicionales y, sobre todo, las Sagradas Escrituras?

Johann Kaspar abría desmesuradamente los ojos. Él soñaba con hacer crecer el espíritu de sus feligreses mediante sus prédicas y sus escritos, quería salvar al mundo de la ignorancia y la maldad, y ella le reclamaba porque nunca había dinero suficiente. Qué injusticia, cuánta incomprensión. Y se encerraba en su propio gabinete hasta muy noche, cuando Anna

tocaba a su puerta con un tazón de leche endul-
zado con miel y hojas de tilo.

Mientras tanto, el pastor leía. Retomaba
el volumen en turno, o escribía páginas del diario que llevaba desde niño o alguno de los artículos donde criticaba vicios y costumbres, o
simplemente dejaba correr el carboncillo y dibujaba. Casi siempre rostros. De personas co-
nocidas y otros que se revelaban en el discurrir
de los trazos mismos. Por supuesto, se dibujaba
a sí mismo, en ocasiones con tanto detalle que
se diría que intentaba leer en su rostro las líneas
de su destino.

## 8

En esta ocasión, en particular, había caído en manos del reverendo un libro escrito en francés por el naturalista ginebrino Charles Bonnet. Como hombre de su siglo, Bonnet tuvo intereses diversos: lo mismo se doctoró en jurisprudencia que fue admitido a sus 23 años como miembro de la Academia de Ciencias por sus descubrimientos en torno a la partenogénesis, una forma de reproducción asexual en insectos a partir de una célula femenina virgen, sin que mediara la colaboración de ningún macho.

De igual forma, reportó un tipo de alucinación visual presente sobre todo en personas de edad avanzada y que, en su honor, es conocido como Síndrome de Charles Bonnet. Al parecer, se basó en el caso de su propio abuelo que a sus 87 años percibía personas, pájaros, edificios, paisajes como si los estuviera viendo realmente. Una fascinante y extraña compensación neurológica para su ceguera casi total, resultado de presentar cataratas en ambos ojos.

Pero también Charles Bonnet se interesó por los misterios de la religión. Cristiano y racionalista como era, resolvió darle bases filosóficas al fenómeno de la resurrección no sólo de Cristo, sino de las almas que serían llamadas a juicio universal. Así escribió la *Palingenesia filo-*

*sófica*, un volumen publicado en Ginebra en 1769 y que Lavater leyó en francés a los pocos meses de su aparición.

Ahí, en aquellos folios reveladores, el pastor de Zürich encontró cauce a inquietudes antiguas y nuevas: por un lado, convencer a incrédulos y agnósticos de que el cristianismo era la única religión verdadera puesto que su promesa de vida eterna estaba garantizada con el advenimiento del Juicio Final; por el otro, la esperanza de reencontrarse en otra vida con Felix Hess, el amigo de cuya pérdida todavía no se consolaba.

Y toda esta teoría estaba cifrada en el asunto de los milagros, pruebas inescrutables que Dios en su infinita bondad prodigaba a los hombres para dar fe de un más allá de la muerte. Y el hombre, ese ser mixto, a la vez cuerpo y espíritu, estaba destinado a escapar de la disolución gracias a su naturaleza doble. Así, el alma permanecería unida a un cuerpo que la muerte no podría destruir. Y el día del juicio final, el hombre conocería una redención completa de todo su ser.

Johann Kaspar resolvió traducir al alemán el libro de Bonnet. Había comenzado con el capítulo titulado "Indagaciones filosóficas para probar la verdad del cristianismo" cuando tuvo una idea radiante. Publicaría ese capítulo como un adelanto de la obra total. Y lo dedicaría al filósofo judío Moses Mendelssohn, una de las celebridades que conociera en su viaje a Alemania, cuando él y sus amigos Hess y Füssli tuvieron que abandonar Zürich hacía ya varios años. Con Mendelssohn había mantenido entonces discusiones acaloradas y vehementes, él por probar que la fe en Cristo crucificado era la única religión verdadera; Mendelssohn por hacerle entender que ninguna creencia podía superponerse a las otras y que lo más conveniente para la humanidad entera era la tolerancia y el respeto por la fe ajena. Ya de regreso a Suiza, Lavater había seguido carteándose con el filósofo alemán pues el hecho de que fuera un alma noble, sabio y culto, pero que en particular se tratase de un judío, lo convertía a sus ojos en una presa inestimable, una oveja que tal vez él podría restituir al rebaño de Cristo.

Fue sin duda un exceso de ligereza e ingenuidad lo que lo llevó a escribir un prefacio al capítulo traducido. Pues al retar en aquellas líneas al filósofo judío para que refutara públicamente esas indagaciones filosóficas que, según él, demostraban la preeminencia de la palabra de Cristo, o de no poder hacerlo, conminarlo a que abandonara su fe y se convirtiera, no hizo sino provocar una situación incómoda y cruel para Mendelssohn, cuya posición ante su propia comunidad quedaba en entredicho. Pero además Mendelssohn era un hombre enfermo y un judío pobre que dependía de la benevolencia de los suyos para dedicar el tiempo que no ocupaba en administrar una fábrica de seda, a sus reflexiones y menesteres filosóficos. Johann Kaspar sabía de esa precaria situación que lo hacía más vulnerable. En una época en que el cristianismo era una potencia todavía hegemónica en Occidente y que ser judío significaba no sólo estar destinado a la marginalidad, sino ser sometido a la duda constante de si su naturaleza podía albergar alguna grandeza de espíritu, a Lavater le pareció que era más importante que ese hombre, al que tanto admiraba, rectificase y salvara con ello su alma.

¿Qué mejor regalo para cuando se reencontrara con Felix Hess en el más allá, ya restituidos ambos en cuerpo y alma a su esencia perfecta y original, que llevar al filósofo irredento como un corderillo entre sus manos?

## 9

Moses Mendelssohn se tomó su tiempo para contestar públicamente. De hecho, pasaron varios meses antes de que el filósofo se decidiera a entrar en una polémica religiosa que hubiera preferido evitar a toda costa. Víctima de una singular cólera negra que lo postró en la más absoluta melancolía, terminó por dar a la imprenta una carta que se difundió entre los círculos intelectuales de Alemania y Suiza.

Ahí, palabras más, palabras menos, le aclaraba a Lavater que: 1) los milagros que Bonnet esgrimía como pruebas "irrefutables" de la verdad del cristianismo eran misterios que también se habían registrado en otras religiones reveladas; 2) el espíritu de conversión era un concepto inexistente en el judaísmo; 3) la tolerancia a las creencias de los otros era necesaria para la convivencia universal.

"Supongamos que Confucio o Solón fueran nuestros contemporáneos, ¿intentaría usted llevar a efecto la peregrina idea de convertir a estos grandes hombres?", añadía Mendelssohn en su epístola sin imaginar que, sin lugar a dudas, el pastor suizo lo habría intentado como años más tarde lo haría —infructuosamente— con el poeta Goethe, cuyo panteísmo vital nada tenía que ver con la cerrazón monoteísta del cristianismo y sus huestes fanáticas.

Por supuesto, Lavater fue aplaudido entusiastamente por unos y severamente criticado por otros. Aplaudido por almas tan vehementes y crédulas como la suya; criticado por las mentes más lúcidas y sensatas del medio intelectual, entre cuyos miembros hubiera deseado contarse.

Herido en su amor propio y en su espíritu de predicador, se consoló recordando un acontecimiento reciente. Apenas unos días después de que Mendelssohn diera a conocer su respuesta pública, aparecía el pequeño Giotto de Winterthur, ese sutil milagro que nuestro Redentor había puesto como una señal en el tortuoso camino del reverendo Lavater.

## 10

En aquellos primeros días, el pastor de Zürich no podía evitar quedarse contemplando la frágil figura de Giotto. Hay seres que nos despiertan un indudable "sí" más allá de las razones. Naturalezas que nos hacen vencer el temor a lo desconocido y nos subyugan mediante su poder inmanente. Algunos podrán afirmar que ese poder no es otra cosa que la belleza. Como si el cielo se abriera y nos dejara caer encima un ángel. Así de brutal y subyugante puede ser la experiencia de la gracia.

El pastor de Zürich no lo sabía pero no tardó en darse cuenta. Era un verano caluroso. Habían acudido todos, incluidos los viejos padres de Lavater, a refrescarse esa tarde de domingo en las inmediaciones del río Limmat y el Zürichsee, en una suerte de poza que se formaba cerca del muelle Brücke. Johann Kaspar oteaba el atardecer más allá del Uetliberg. La aureola de rayos que circundaba la montaña y que bañaba en una cascada de oro la superficie del lago le hizo pensar en la perfección de la obra de Dios como si se tratara de una pintura iluminada. Observó una barcaza que transportaba leña por el lago, dejando tras de sí una estela de caricias burbujeantes; y luego a Giotto que, sumergido medio cuerpo en el agua, cuidaba los barquitos de madera que el pequeño Heinrich lanzaba en la orilla del lago. También se miró a sí mismo envuelto en esa misma aura dorada que invadía las cosas y los seres, y se sintió pródigo y bendecido. Ahí estaba su familia, Anna Schinz que amamantaba a la pequeña María, su padre que limpiaba una naranja y se la ofrecía a Regula en un tributo de ternura y silencio. Algunos ciudadanos de Zürich paseaban por la veranda cercana y al reconocerlo se quitaban el sombrero y lo saludaban en una mezcla de cordialidad y respeto. Cada cosa en su sitio, cada ser en el lugar exacto del corazón de Dios.

Giotto se había alejado unas brazadas más para rescatar un barquito que había bogado más allá que los otros. Sólo que cuando lo tuvo a su alcance, en vez de sujetarlo, se paró en seco y se volvió a mirar algo que había atisbado en la superficie del agua y que, al parecer, lo seguía. De espaldas al sol, el niño resplandecía con un halo de ángel mientras el resto de su cuerpo se oscurecía como una sombra. Lavater lo contempló envuelto en ese capullo de luz y, pese a su fragilidad radiante, lo miró enfrentar al perseguidor con fiereza.

Pero lo que Giotto descubrió lo desarmó en el acto: su propia sombra espejeando y haciéndole guiños desde la superficie dorada como si le hubiera gastado una broma. Y se aprestó a ceñir con su índice izquierdo —Lavater no había conseguido corregirlo aunque frente a él su aprendiz fingiera ser diestro— el perfil de aquel cómplice desconocido y travieso.

Para el reverendo fue como atisbar un prodigio: un chico que dibuja su propia sombra en la superficie fugaz del agua. Un muchacho que de pronto es más sombra que su sombra iluminada, de tal modo que uno ya no sabe quién es cuál. Vaya broma.

Pero el chico sonrió ajeno al mundo y a la mirada del reverendo, como de seguro sonreía también su sombra a quien el acto de ser dibujada le producía cosquillas. El pastor podía oír el gorjear de ambos ángeles. Plenitud por partida doble. Lavater pensó: Dios en dos.

Dios en dos, repitió maravillado. Sin duda, en otro momento, Johann Kaspar se hubiera reprochado semejante blasfemia. Pero no ahora.

## 11

Que se trataba de una blasfemia y que nada escapaba a la mirada del Creador fue algo que Johann Kaspar Lavater tuvo que reconocer casi de inmediato. Porque entonces sobrevino el castigo.

Mientras su padre se mantenía absorto en el juego de espejos de Giotto y su sombra, el pequeño Heinrich se adentró unos pasos en el lago en pos del barco que había quedado al descuido y bogaba cada vez más lejano. Nadie pareció darse cuenta porque el resplandor ámbar del atardecer sumía a los objetos en una perfección estática, donde aparentemente todo estaba en su sitio y nada se movía. Sin embargo, fue Regula Escher quien, en medio del encantamiento —aún paladeaba unas lágrimas jugosas de naranja en la boca—, alcanzó a percibir el agitar de brazos de su nieto como si chapoteara risueño.

—¡Kaspar…! ¡El niño! —gritó poniéndose de pie.

El reverendo tardó una fracción de segundo en salir de su ensimismamiento. Como si se encontrara en el interior de un túnel y alguien afuera y desde lejos hubiera dicho su nombre. Miró a su madre y acto seguido comprendió. En unas zancadas cruzó la distancia que lo separaba de su hijo y lo alzó con el corazón atorado en la garganta como si se rescatara a sí mismo. El pequeño había tragado poca agua y no tardó en reaccionar favorablemente. Lo hicieron pasar de unos brazos a otros para constatar la alegría de no haberlo perdido.

Cuando se alejaron rumbo a casa, nadie pareció percatarse de que Giotto había desaparecido.

Por supuesto Giotto se sentía culpable. Le habían encomendado que cuidara al hijo de Lavater y había descuidado su tarea. El jardinero de St. Peter Kirsche lo descubrió oculto en una covacha y lo llevó de regreso a Spiegelgasse. Fue la madre del reverendo quien ordenó los azotes. Encargaron al caballerango que ejecutara el castigo.

Hasta la ventana del primer piso se pudo escuchar el agudo y seco corte del látigo al surcar el aire para luego restallar blandamente. Lavater contó uno a uno los veinte azotes casi sin pestañear, respirando apenas. Regula Escher, sentada frente a él y con una taza de té de arándano en la mano, no le quitó la vista de encima. Cuánto hubiera deseado Johann Kaspar padecer aquel castigo a solas.

Pasó tiempo para que las cosas regresaran a su cauce. La muerte de Felix Hess, el episodio del asesino del rey de Suecia, el interés de Lavater por la palingenesia y el caso Mendelssohn, la lección del sexo femenino que recibiera Giotto en la bodega de Spiegelgasse, la reconciliación del pintor Füssli con su padre, los estudios fisiognómicos del reverendo y las tardes de aprendizaje de Giotto sumido entre libros de perspectiva y dibujo.

Por fin había conseguido Johann Kaspar un ejemplar de *De Humana Physiognomia*, del sabio napolitano Giambattista della Porta, cuyos libros, incluido el *Magia Naturalis* (1558), gozaron de amplia difusión no obstante los procesos inquisitoriales a los que se vio sometido su autor.

Lo revisaba a todas horas. De madrugada, antes de que los gallos cantaran; por las tardes, después de que le sirvieran su favorito pastel de cerezas; por las noches, antes de recluirse en la alcoba que aún compartía con Anna Schinz.

También ponía a Giotto a copiar los abundantes grabados del volumen, en los que Della Porta establecía afinidades entre la fisiognomía animal y la humana.

—Ejercita tu mano derecha, muchacho —decía Kaspar a su discípulo—. Pero no creas todo lo que esos dibujos revelan: el hombre nunca podrá ser comparado con una bestia. El hombre es el dibujo más perfecto hecho por la mano de Dios.

Pero la mirada de Giotto escudriñaba las imágenes del libro y no le parecían tan erradas: cómo no reconocer al caballerango Rudi en aquel hombre-carnero de barba velluda hasta la quijada, con nariz prominente y frente escasa. ¿Sería por eso —porque sin duda parecía un carnero— que obedecía las órdenes de sus amos con el mismo instinto anodino e impetuoso con que se deslizaba a la buhardilla de Hilde para arremeter su lujuria entre las piernas de la chica, sin necesidad de verla, como si estuviera frente a un muro o una cerca y no le interesara ver más allá? Claro que Giotto los había observado primero en la caballeriza y ahora desde su nuevo lecho en la bodega de alimentos, adonde por las heladas le permitían dormir. Era ya el primer invierno de Giotto en Spiegelgasse. A pesar de la nevada y de la ventisca de ese día, alguien se aventuró a tocar el portón.

Fue precisamente el caballerango quien se apersonó en el estudio y comunicó al reverendo la presencia de un hombre procedente de Winterthur que solicitaba verlo con urgencia. Por un momento, Giotto creyó que se trataba de su padre que había venido a reclamarlo. Había pensado muy poco en él y en sus hermanos en todo esos meses. Se asomó discreto a la ventana mientras Rudi salía del gabinete: un piso más abajo, un hombre mayor, al que nunca había visto, se paseaba inquieto frente al portal. Respiró con alivio.

## 14

Había oscurecido y ya no eran horas de visita. Pero el recién llegado le había dicho al caballerango un nombre que había servido como auténtico salvoconducto en los oídos del pastor. Efectivamente, el nombre había sido pronunciado en el oído de Lavater con el sigilo de un secreto.

A la luz de las velas, la sombra de Johann Kaspar lo revelaba ensimismado y frágil. A Giotto le recordó el polluelo de un pájaro a punto de graznar su indefensión. Atolondrado, haciendo esfuerzos para no perder la calma. Tan nervioso que no se le ocurrió ordenarle al muchacho que saliera de la habitación. De todos modos, antes de que reparara en su presencia, Giotto se deslizó a un rincón con el cuaderno de ejercicios y un carboncillo en la mano.

Cuando el hombre apareció en el estudio Giotto percibió que estaba desesperado y triste. No era su padre, pero se lo recordaba un poco, sobre todo en el momento en que lo miró descubrir el cuerpo de su madre, aún tibio por el calor de los cinco hijos que se habían apiñado a su alrededor porque poco antes se había quejado de que tenía frío, mucho frío.

Al parecer era un cazador que vivía al otro extremo del pueblo y de la carbonería de su padre. Giotto no recordaba haberlo visto antes pero había escuchado de él pues proveía de pieles a las familias ricas de Winterthur y pasaba largas temporadas en las montañas, lejos de su mujer y de su hija. Fue por eso, sin duda, que se enteró semanas después de la muerte de la joven Christine, hallada entre los juncos del río, más hermosa y resplandeciente hasta la transparencia tal vez por los días que permaneció sumergida en el agua, corrieron la voz los que la encontraron.

Habían pasado nueve meses desde entonces sin que se aclarase el caso. La muchacha no presentaba signos de violencia, tampoco podía pensarse en un suicidio dado el carácter dulce y tierno de la chica. La única posibilidad entonces, un accidente: que se hubiera apoyado en una piedra de las márgenes crecientes del río y que esta se hubiera hundido bajo su peso, como había sucedido ya con el heredero de los condes de Reuss que fue de inmediato rescatado por los siervos que lo cuidaban. Pero Christine andaba sola y se había alejado del pueblo más allá de la zona de molinos, donde las aguas solían ser más veleidosas.

Habían transcurrido precisamente nueve meses. La herida no cicatrizaba pero en los largos días que siguieron a la pérdida, cada vez que el cazador regresaba de la montaña con pieles de zorro y marta colgadas al pecho y la escopeta al hombro, su mujer adivinaba en él la impotencia de no haber usado el arma contra sí mismo. No fue otra la razón por la que calló lo que sabía.

De hecho, hubiera permanecido en silencio si el propio cazador no la sigue a escondidas y la descubre colocar dos ramos de flores en la tumba de la hija amada. Creyéndose sola con su desconsuelo, la madre dijo:

—Para ti, mi pequeña Christine, y para el hijo que no conoceremos.

Entonces el cazador la obligó a hablar: Christine le había confiado su amor por un caballero de Zürich cuyo nombre nunca le reveló más allá de las iniciales bordadas en un pañuelo que la muchacha guardaba con devoción desde el día que se conocieron.

El cazador le mostró a Johann Kaspar el pañuelo. Dos letras. Lavater las reconoció de inmediato. Eran las iniciales de un nombre amado: Felix Hess.

## 15

De qué artes se valió Kaspar para convencer a aquel padre atormentado de no manchar la memoria del amigo y de paso arriesgar la de la hija desventurada es algo comprensible si se recuerda la vehemencia de palabras del predicador frente a su grey, que le valieron el púlpito de Oetenbach, y luego el de St. Peter Kirsche, y más tarde otros ofrecimientos de Bassel y Baden que terminó por rechazar, siempre fiel a su patria chica.

El hombre había terminado por marcharse. Los pasos de su caballo se escucharon perderse en la nieve y en la distancia durante varios minutos. Lavater, creyéndose solo, se dirigió a una escribanía cerrada con llave y extrajo de ella un pequeño bulto. Con todo cuidado, como si se resistiera a encararlo, lo colocó sobre su mesilla de trabajo y procedió a despojarlo del pañuelo que lo cubría.

Desde el lugar donde se encontraba Giotto agazapado era materialmente imposible atisbar el contenido del bulto, aquella piedra con el retrato de un joven de alma frágil y fiera, que él dibujara en su tránsito por Winterthur. Pero además no le interesaba, absorto en los dibujos que elaboraba.

En el silencio chisporroteante de las velas, Johann Kaspar alcanzó a percibir el sonido de un trazo continuo que se deslizaba en la superficie de un papel con la certeza de un cuchillo o una pluma de ángel. Cruzó la habitación en un par de zancadas y descubrió al culpable. Estuvo a punto de abofetearlo. El susto primero; el creerse espiado, después. Pero entonces reparó en el cuaderno de dibujo del muchacho, sus manos limpísimas e indefensas con el crayón como única arma.

Pero era un arma hábil: ahí, delineadas de un solo trazo certero, no los perfiles de su rostro arrebatado por las noticias recientes, sino los retratos de su sombra pura.

Creyó entonces posible vislumbrar la esencia de su alma.

## 16

"Una sombra es poco oro, pero qué oro más puro...", escribiría alguna vez Johann Kaspar Lavater en el primer volumen de sus *Fragmentos fisiognómicos*, publicados cuando Giotto estaba por cumplir los veinte años, y había dejado atrás la puerta de Lucerna, encaminándose hacia *Die Schöne Italien*, la dulce y ensoñada Italia, cuna de los pintores que admiraba —y también de aquel con quien compartía un nombre.

En sus estudios sobre fisiognomía, conforme al filósofo alemán Johann Gottfried Herder, el pastor veía en el hombre un espejo mágico donde se manifestaba, a través de miles de signos, miles de gestos y miles de movimientos, la Divinidad presente pero asimismo escondida. Se trataba, a partir de los signos visibles, de descubrir lo no-visible: el alma verdadera de los seres. De este modo, Lavater creó —o intentó crear— una primera y grandiosa "poética de la interioridad", según palabras de una de sus investigadoras más recientes, Anne Marie Jaton.

¿Cómo consiguió Johann Kaspar armar esa "poética de la interioridad"? En primer lugar, el pastor señalaba como la pieza fundamental de sus análisis, la observación meticulosa a través de la continua experimentación: para el verdadero fisiognomista no había oportunidad qué perder pues cada rostro era un enigma a resolver. El segundo principio, la necesidad de una representación que se adhiriera escrupulosamente al modelo de estudio. Y para ello, el dibujo de los rostros, y en particular, el retrato de sombras tenían un papel crucial.

Pero muy pronto sus estudios fisiognómicos derivaron hacia una cuestión doctrinaria y maniquea al afirmar sin cortapisas que la belleza de un rostro corresponde a un alma bella, del mismo modo que la fealdad, si no ha sido causada por un accidente o una enfermedad, revela las faltas de un ser. De ideas semejantes se nutriría esa aberración y esa vergüenza que el siglo xx conocería con el nombre de nazismo en su exaltación de la raza superior —aunque, por supuesto, Lavater estaba lejos de imaginar tales consecuencias.

A pesar de que el pastor suizo se defendía de sus detractores diciendo que no pretendía juzgar a los hombres, sino conocerlos, lo cierto es que siempre había un halo de valoración en sus cartillas fisiognómicas, ésas por las que la emperatriz de Rusia y el príncipe de Inglaterra solicitarían sus servicios.

Y, por supuesto, el reverendo ponía el ejemplo consigo mismo. Analizando un retrato de sombras realizado por Giotto en la primera época de sus trabajos, escribió que esa silueta revelaba "un carácter poético, muy sentimental y sobre todo sensible, una bonhomía que podía llegar a la imprudencia…" Por eso, para no pecar de imprudente y soberbio, añadía también que el largo intervalo que separaba la nariz de la boca demostraba, por otra parte, "una falta de prudencia y una tendencia a la precipitación".

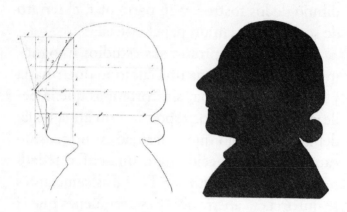

La noche que Lavater descubrió a su pequeño aprendiz dibujando sombras en un rincón del gabinete, creyó que la mismísima Divinidad le mostraba un camino para guiar a los hombres.

Salía ya de la habitación seguido del muchacho, cuando recordó la piedra con la imagen de Felix Hess que aún permanecía expuesta en su mesa de trabajo como la prueba irrefutable de que su amado amigo había estado en Winterthur, probablemente para encontrarse con la desafortunada Christine. Ordenó a Giotto que se adelantara y cuando lo escuchó bajar las escaleras, tomó la piedra en su mano y se dirigió a la estufa que calentaba el estudio. Con todo cuidado la colocó entre las brasas ardientes y esperó con paciencia a que las líneas de aquel rostro se desdibujaran para siempre.

Con el paso de los años, Giotto se convirtió en un joven maestro. Su talento era tal que cuando Goethe y Lavater por fin se conocieron en una estadía en las aguas termales de Ems, tras una relación epistolar de varios años, el todavía joven poeta le pidió al reverendo que llevara al Giotto de Winterthur, de quien tantas maravillas le había contado. Johann Kaspar pensaba llevarlo de cualquier modo pues no había sitio que visitara o encomienda que acometiera sin que se hiciese acompañar por su pupilo. Pero no dejó de observar la insistencia de su amigo, sobre todo después de enterarse de que de la mano del muchacho había surgido aquel retrato de sombras de Madame de Stein, la mujer cuya delicada silueta había bastado para eclipsarle el alma pues no sabía cuándo podría contemplar a la modelo que lo había inspirado.

Cuando se encontraron en los jardines del castillo de Ems, hubo un momento en que Goethe, lo refiere Eckermann en sus conversaciones con el poeta, dejó de escuchar las palabras del pastor, quien le contaba de sus ejercicios fisiognómicos observando las manos de sus feligreses al depositar la limosna tras el sermón dominical, pues descubrió a Giotto dibujando de un plumazo las sombras de sus acompañantes. No era que el joven contemplara las proyecciones de sus cuerpos en la arenilla del paseo provocadas por un sol luminoso de las dos de la tarde. Sino que los veía directamente a la cara y dibujaba sus contornos como si dispusiera de una máquina para dibujar siluetas en cada ojo. Y lo hacía con un solo trazo, sin despegar el carboncillo del papel, en una única y esencial línea de perfección indiscutible. Asombrado, exclamó interrumpiendo la perorata de Johann Kaspar y aproximándose al muchacho para palmearle el hombro:

—Es prodigiosa, mi querido pastor, la habilidad de este joven dibujante: como el otro Giotto que pintaba de un solo plumazo un círculo perfecto y que así convenció al papa Bonifacio VIII de su superioridad respecto a los otros pintores de su tiempo. Vea usted esta pureza de líneas que nos representan frente a frente en el papel. ¿No siente usted cómo se refleja su espíritu siempre inquieto, a punto de alzar el vuelo?

El pastor se asomó al cuaderno de Giotto casi con indiferencia: estaba tan acostumbrado a esas revelaciones surgidas del carboncillo de su aprendiz. Pero al mirar el retrato de sombras de su amigo Wolfgang, se sintió conmovido y añadió:

—¿Y qué decir de su natural firmeza y solidez, querido Goethe? La miro y me parece que una montaña o una pirámide se proyectaran en una tentativa por alcanzar con su punta los cielos…

Goethe sonrió complacido, y mirando a los ojos al pastor, añadió:

—Pues no es otro el proyecto que he fraguado para mi futuro. Y sí, lo vislumbro como una tarea prometeica pero asimismo irrenunciable.

Goethe volvió al cuaderno de Giotto. Mientras revisaba otros apuntes, continuó:

—He ahí la mayor responsabilidad de un hombre: hacerse a sí mismo, descubrir las sombras que lo habitan y hacerles lugar.

—¿Las sombras? —se animó a preguntar el joven dibujante.

—Mi querido joven, ¿eres un experto en retratarlas y aún no sabes que todo lo que hacemos proviene de su venia? ¿Y que es ahí donde comienza nuestra libertad y nuestra obligación: en conocer las semillas secretas que nos fueron confiadas y hacerlas crecer a todo lo que puedan dar?

El reverendo se había alejado un par de pasos en el camino. Se aproximó visiblemente interesado en el semblante de su joven aprendiz. Entonces cayó en la cuenta de que, aunque también él practicaba el dibujo con soltura, muy pocas veces había retratado a Giotto. Por supuesto lo observaba y había adelantado respecto a él algunas conjeturas en materia fisiognómica. Por ejemplo, en el libro de su corazón, para que nadie más pudiera leerlo, había escrito: "tiene la sensualidad de líneas de Antinoo, aquel mancebo preferido por el emperador Adriano, y también esa estructura craneal de los hombres

que suelen ser tocados por el rayo de lo gran-
dioso…" Pero no había adelantado mucho más,
porque entonces, Giotto, al sentirse observado
de esa manera, cerraba las puertas de su alma y
se refugiaba dentro.

Ahora en cambio el muchacho sonreía
al poeta y se animaba a salir de su cueva para
preguntarle:

—Entonces, maestro Goethe, ¿la libertad exige siempre un precio?

Antes de que el poeta abriera la boca, Lavater se apresuró a intervenir…

—¡La libertad…! Cómo han puesto en
boga esa palabra los franceses. Escucha bien,
Giotto: El alma del hombre tiene la libertad de
un pájaro… en una jaula.

Goethe iba a replicar algo, pero en ese
momento sus dedos toparon con una imagen
inesperada. En su tránsito desde Zürich, el reverendo y su acompañante habían hecho una
escala en Weimar para visitar a su estimado doctor Zimmerman. Fue en su casa, en una tertulia
de amigos, donde Giotto tuvo oportunidad de
ver nuevamente a Madame de Stein y hacerle,
en esta ocasión, un retrato de sombras de cuerpo
entero.

El poeta permaneció en silencio durante varios segundos. Al levantar el rostro reparó en la sonrisa cómplice de sus acompañantes. Añadió a modo de disculpa:

—Nadie puede resistir la belleza… Mucho menos yo.

## 18

Nadie puede resistir la belleza... Giotto lo supo muy pronto y por partida doble.

Elise y Clara habían nacido y crecido en Zürich pero el destino es así: nuestro joven dibujante nunca había reparado en el par de gemelas idénticas a pesar de su presencia reiterativa y doble. Es decir, las había visto en la parroquia durante el sermón dominical y otras veces, cuando Hilde no podía ir a comprar los pastelillos de cerezas y kirsch que preferían los hijos de Lavater y Anna, y él tenía que acudir al establecimiento que el maestre Huber tenía cerca del Rathaus. No siempre estaban las niñas en la tienda, a veces estaba sólo una de ellas y por eso, hasta que las vio juntas, pudo descubrir que se trataba de dos chicas. Tan parecidas como dos gotas de leche. Pecosas, regordetas, rubias, ni siquiera porque no se sabía de otro caso de gemelismo en la ciudad por aquellos años consiguieron llamar la atención del joven más allá de la curiosidad. Pero los años pasaron y las niñas se hicieron muchachas. Sus cuerpos se espigaron, pendientes y curvas insinuaban un paisaje mórbido, y sus rostros se afinaron en una suavidad que recordaba la sensualidad ambigua de los ángeles. Incluso la piel, que era blancuzca e insípida, se tornó de una transparencia fulgurante y acariciadora. Uno veía esa piel y no podía evitar, por contradictorio que parezca, abismarse en ella; por decirlo con el temperamento impetuoso de los poetas que no tardarían en surgir en Europa por esos años, atisbar aquella piel en el cuenco de un brazo o en la suave moldura de un hombro era como un precipicio de la conciencia.

La vez que Giotto descubrió a Clara y a Elise con esas singulares características fue en un viaje por el lago. Habían ido el pastor y el dibujante a visitar al Dr. Hotze en Richterswil, villa situada en el otro extremo del Zürichsee. El pobre hombre se encontraba postrado por una pierna rota pero no quería posponer la cita con el reverendo y escuchar sus avances en el libro que por entonces Lavater escribía y cuyo título concibió incluso antes de redactar la primera línea: *Fragmentos fisiognómicos para promover el conocimiento y el amor a la humanidad.*

Johann Kaspar se repetía mentalmente el nombre de su libro una y otra vez. Lo acariciaba con los labios y con el pensamiento como el nombre de una amada. El Dr. Hotze, al mirar la carátula del manuscrito, lo había felicitado por su sagaz humildad: no un tratado que lo abarcara todo sobre la fisiognomía sino sus prolegómenos, sus atisbos. De todos modos esos "fragmentos" abarcaron tres tomos voluminosos, plagados de dibujos ilustrativos, en su gran mayoría trabajados por el joven dibujante de sombras. El reverendo tardó en concebir los tres volúmenes durante un periodo de tres años y darlos a la imprenta paulatinamente a lo largo de otros tres. Pero para cuando vieran finalmente la luz y empezaran a traducirse al francés y al inglés, ya Giotto habría emprendido su viaje a Italia y se habría alejado espiritualmente de su mentor. Para entonces, también habría concluido en su vida el trágico episodio de las gemelas. Al menos eso fue lo que creyó Giotto cuando partió.

## 19

Pero volvamos al encuentro en la cubierta del barco. Lavater, que era proclive a los resfríos, decidió permanecer en la cabina general. En realidad, si por él hubiera sido, habrían hecho el recorrido en el servicio de posta, o como solía emprenderse la mayoría de los viajes en aquella época: a caballo o a pie. Recientemente, sin embargo, habían restablecido la ruta del lago con una goleta que se encargaba de transportar pasajeros y cargamentos, según las veleidades del viento. Sólo que ahora, armada de velas triangulares y aprovechando los conocimientos que otro suizo, Daniel Bernoulli, había adelantado en el terreno de la hidrodinámica, aquella goleta, llamada por su dueño, un comerciante italiano de Bérgamo, *La Dolce Italia*, se había convertido en una novedosa atracción. Como se aproximaba el cumpleaños de Giotto, o mejor dicho, la fecha en que Lavater lo recogió en el camino de Winterthur, pues ignoraban a ciencia cierta la fecha verdadera, el reverendo había decidido obsequiar a su ayudante con aquel recorrido. Giotto recibió la noticia con deleite. Es decir, que desde que puso un pie en aquel sueño de navegar, como cuando lo asentó en la embarcación misma, se sintió tocado por la caricia del viaje. Por eso, embelesado por el ritmo de las aguas, la fuerza del viento, la luz que se derramaba en aquel paisaje movedizo, tardó todavía en descubrir a las gemelas Huber.

—Hola, Giotto... —dijo de pronto Clara en su flanco izquierdo—. ¿Ya no te acuerdas de mí?

Giotto reparó en aquel rostro que le sonreía, en su piel que resplandecía en una transparencia núbil. Repentinamente, dejó de importar el paisaje, el barco, la gente alrededor, él mismo. Y sintió cómo el mundo todo se desvanecía, diluyéndose en una sombra perpleja.

Entonces lo supo. Supo en carne propia que nadie puede resistir la belleza. Pero si atisbar el paraíso no fuera suficiente condena, en aquel momento Elise se acercó a su hermana y, colocando su rostro junto al de Clara, susurró:

—¿Y tampoco te acuerdas de mí?

Giotto no pudo siquiera saludarlas. Las dos muchachas soltaron la carcajada, divertidas por la confusión que habían creado en el joven ayudante del pastor.

Las gemelas descendieron en Oberried, una de las paradas intermedias del recorrido por el lago. Según le había contado madame Huber al pastor, iban a visitar a la abuela paterna. Durante el tiempo que permanecieron en la embarcación, Giotto se mantuvo espiando a las hermanas, observando sus movimientos, sus gestos, sus palabras. No sabía que había empezado a amarlas. Pero algo sospechó cuando las miró descender de la goleta. Fue como si tuviera el presentimiento de que nunca más volvería a verlas. Entonces se apartó a un rincón de la cubierta y como no lo hacía desde la muerte de su madre, lloró.

## 20

Y realmente estuvo a punto de no volver a verlas. A unas millas de arribar a Richterswil, se desató una tormenta de las que son frecuentes en aquel extremo del lago. Y con tanta violencia, que el mástil se quebró por la mitad, y tripulación y pasajeros se creyeron muertos. El reverendo, cada vez que los embates del agua se lo permitían, continuaba en voz alta sus oraciones. Giotto había dejado a un lado su cuaderno de dibujo, donde minutos antes dibujara de memoria las siluetas de las hermanas, y se sujetaba como todos de las trabes de la embarcación. Pero su corazón palpitaba un solo deseo: volver a ver a las gemelas.

Cuando se restableció por fin la calma, las familias se abrazaron y los que viajaban solos se dieron las manos y se felicitaron. Es impresionante observar cómo después de una desgracia colectiva, los hombres renacen a sus sentimientos más generosos. Tan pronto escucharon que el reverendo entonaba un cántico de gracias al Creador, se acomodaron en torno a él y unieron sus voces. Cuando se levantaron y cada quien se dirigió a recomponerse y a buscar sus pertenencias, Lavater descubrió el cuaderno de Giotto con el dibujo de sombras de las muchachas. Lo miró un par de segundos antes de alargárselo a su propietario. Le sorprendió descubrir que aunque ambas figuras eran idénticas, en una de ellas era visible un halo de tristeza que la otra no poseía. Intentó recordarlas por separado pero no atinaba a discernir cuál de ellas era la que tenía aquel temperamento melancólico tan evidente y puro.

Giotto, creyéndose descubierto, se animó a señalarle quién era Clara y quién Elise. Y al hacerlo, su rostro se encendió en una alegría súbita, como si el solo recuerdo de las muchachas hubiera vuelto a salvarlo.

Johann Kaspar miró a su pupilo con desconcierto. No se había dado cuenta de que Giotto era ya un hombre.

Hubiera querido abrazarlo y pedirle: "Detente, Giotto. Vuelve a ser otra vez un niño".

Pero el deseo no sólo era imposible por la naturaleza de los seres que así crecen y mudan y se desarrollan, sino porque había sido formulado demasiado tarde para remediar lo que de verdad le importaba: miró el rostro iluminado del muchacho, su aire de ángel encendido por una pasión que lo volvía un ser pleno de gracia, y entonces presintió que ya lo había perdido.

Poco antes de partir a Italia, Giotto tuvo un sueño. Seguía a las gemelas por un río subterráneo. Medio cuerpo en el agua, los tres intentaban dar con la salida pues el cabo de vela que llevaba Elise en la mano no iba a durar eternamente. Salvo por la llama, la oscuridad era casi total. Y amenazante. Pero no tenían otro remedio que seguir. Fue Clara la que lanzó un grito de desesperación cuando la vela chisporroteó sus últimos resplandores. Quedaron entonces sumergidos en la tiniebla más absoluta. Tomados de la mano, prosiguieron aquella navegación entre las sombras. Temerosos, tambaleantes, resignados. Al cabo de un tiempo, vislumbraron a lo lejos un punto de luz. Tan blanca, que Giotto creyó que le cortaba la mirada. Y se soltó para restregarse los ojos. Cuando volvió a abrirlos, descubrió que las gemelas ya no estaban a su lado. Seguramente, se precipitaban en la dirección de la salida. Gritó sus nombres: "Clara… Elise…", pero sólo el eco respondió a su llamado. Decidió seguir adelante. No tardó en descubrir que, entre más se acercaba a la entrada de luz, la oscuridad en su derredor se espesaba todavía más. Perplejo, se detuvo un instante. Probó a mirarse las manos pero sólo atisbó carne de tiniebla ahí donde se suponía que debían de estar. Creyó que había terminado por disolverse en las sombras. Aterrado, se tocó el rostro y el pecho y entonces supo que aunque no podía verse, seguía estando ahí. En ese momento, escuchó que una voz de mujer —pero no sabía si era de Clara o Elise o Hilde, aquella Hilde de la lección de botánica en el sótano— lo llamaba: "Giotto, ven…" Se sujetó a aquella voz como a una cuerda y siguió avanzando hasta salir.

Una vez fuera, no encontró a las muchachas. Una tiniebla luminosa se extendía hasta el horizonte. Intentó de nuevo verse las manos, pero otra vez le resultó imposible verificarlo. Sus ojos estaban ciegos en el limbo de tanta blancura. Se llevó una mano al corazón para percibir si latía. Sólo escuchó el silencio. Supo entonces que estaba muerto. Ahora era su propia sombra.

# Parte III
# El periodo de tiniebla

El deseo es tiniebla.

Fue la frase admonitoria con que el reverendo concluyó su sermón de ese domingo. Habían transcurrido apenas unos días de que Giotto se mudara a vivir a la cabaña que uno de los antiguos feligreses del pastor le ofreciera al muchacho. Era un lugar rústico y abandonado en la parte alta de sus viñedos, a media hora de St. Peter Kirsche, la parroquia donde acababan de nombrar diácono a Lavater. También el pastor y su familia habían tenido que mudarse a la nueva casa parroquial, al otro lado del río Limmat, el mismo que separaba la ciudad de Zürich en dos. Muertos Regula Escher y Hans Heinrich Lavater desde hacía varios años, nada los detenía ya en Spiegelgasse. El destino comenzaba a ensanchar sus grietas. En esta ocasión, ni Lavater ni su joven ayudante habían quedado del mismo lado del terreno. Giotto tomó la situación con alegría: era un placer divisar la ciudad desde aquella ladera sin cargar el peso de saberse juzgado y prisionero. De todos modos, seguiría trabajando para el pastor, pero sus noches y su tiempo libre le pertenecían por completo. Lo mismo para contemplar la vida de la ciudad como si estuviera ante un cuadro vívido, que para bajar a ella y perderse entre sus callejuelas y su gente. Y sobre todo, para dejarse arrastrar por los torbellinos de su corazón. Para permanecer horas en la oscuridad de la cabaña escuchando el crepitar exultante de su alma, o para plantarse en medio del mercado de la Heim Platz y cazar al vuelo las siluetas de los viandantes en su cuaderno de apuntes. Para caminar enfebrecido percibiendo el golpe de su sangre que a cada paso le gritaba: "¡Estás vivo…!", o detenerse de súbito ante el misterio de una mirada que lo prometía todo desde el primer piso de un mirador.

El deseo es tiniebla. Giotto recordó a las gemelas. El momento sublime en que las tocó a ambas a la vez. Fue por cierto en la cámara oscura de maese Calabria. En efecto, el deseo era luz enceguecedora, tiniebla pura.

2

Maese Calabria viajaba con un gabinete ambulante de curiosidades científicas de un pueblo a otro de Europa. Era un carromato donde se daban cita mil y un maravillas: desde cuernos de unicornio hasta un arpón maorí hecho con hueso de ballena; desde una astilla de la Santa Cruz hasta el cuerpo disecado de un cocodrilo del Amazonas. Conchas de tortuga, corales, lanzas, pieles y esqueletos de animales colgaban de las paredes de ese microcosmos variopinto y excéntrico. En una repisa adosada al fondo podían apreciarse frascos con embriones de serpientes y aves, lo mismo que muestras de minerales fosforescentes y un giroscopio de factura árabe. Había también un escudo de plumas proveniente de las tierras de América y una colección de insectos tropicales. Durante años maese Calabria había ido acumulando maravillas. Unas las compraba a viajeros y gitanos; otras, las fabricaba. La más reciente, lo llenaba de orgullo: la cámara oscura rodante que había confeccionado a partir de unos pergaminos de *El magno arte de la luz y la sombra* del padre jesuita Athanasius Kircher, que compró en Trieste a un constructor de juguetes.

En aquel pequeño cuarto recubierto en su interior con telas negras era posible atisbar un misterio: el de la luz traspasando un orificio apenas perceptible para dibujar con mano maestra una imagen invertida del paisaje exterior. Maese Calabria sabía que si se colocaba un espejo en el lugar adecuado era posible reorientar la imagen así creada en el interior de la cámara. Para nosotros, hombres y mujeres acostumbrados al imperio de la imagen duplicada y reproducida *ad infinitum*, no es comprensible en su real magnitud la impresión que podía provocar en aquella gente el espectáculo maravilloso de contemplar en miniatura, apresada en un cuarto de reducidas proporciones, la grandiosa obra del Señor. Parecía cosa de magia o brujería y con tal suspicacia hubiese sido tratado maese Calabria de no ser porque cuando anunciaba por las callejas de Zürich su *camera admirabilis*, como solía calificarla, explicaba al público que muchos pintores afamados —incluido el mismísimo Da Vinci y el divino Canaletto— habían empleado tal instrumento para copiar paisajes o escenas de interiores en sus cuadros y así resolver problemas de trazo y perspectiva. De igual modo, continuaba, matemáticos y astrónomos como Toscanelli y Kepler —quien le puso el atinado nombre de *camera oscura*— solían utilizarla para observar eclipses y realizar mediciones horarias. Por supuesto que todo esto eran palabras rimbombantes en los oídos de la gente del pueblo que hacía cola para ver el gabinete de curiosidades o penetrar unos minutos en la cámara oscura, ansiosos por dejarse asombrar. Pero todo aquello le daba un aire de credibilidad y respeto al sabio trashumante, frente a los grupos de saltimbanquis y gitanos que generalmente tenían que montar sus espectáculos fuera de las murallas de la ciudad.

Fue de ese modo que las hermanas Huber obtuvieron la autorización paterna para visitar los prodigios científicos de maese Calabria y acudir a la colina de Lindenhof, donde había existido un fuerte romano y ahora se aposentaban sus carromatos con una perspectiva privilegiada de la ciudad, que por lo demás favorecía las vistas y panorámicas de la cámara oscura. Había fila para entrar a ambas atracciones. Las gemelas decidieron dividirse: Elise porque le apetecía más el gabinete de curiosidades y Clara porque la seducía la magia del cuarto oscuro.

La gente tardaba en salir de uno y otro espectáculo, pero mientras en el gabinete era posible que ingresaran hasta diez personas a la vez para sorprenderse con las revelaciones que Calabria explicaba en un alemán salpicado de palabras y giros italianos, en la cámara oscura sólo podían ingresar a lo sumo tres. Al frente del cuarto de cortinas negras se hallaba dirigiendo el acceso la mujer de Giuseppe Calabria.

A unos pasos de la entrada, Clara alcanzó a ver que Giotto se aproximaba al extremo de la fila donde ella estaba y le hizo señas para que se acercara. Giotto no dudó un solo momento. No había vuelto a ver a las hermanas desde el episodio del lago, ocurrido unas semanas antes. Habían pasado tantas cosas desde entonces, pero en sus incursiones por la ciudad siempre esperaba topárselas al doblar una esquina o en el tumulto de una plaza. Claro que hubiera podido visitar la pastelería de maestre Huber, pero un encuentro tan frontal y deliberado lo intimidaba. Ahora que tenía a una de las gemelas ante sí, el dibujante de sombras caminó hacia la chica con la inminencia de un sueño.

Fue así que, al tener a Clara tan cerca, murmuró unas palabras a su oído. No pudo evitarlo. Como si alguien adentro de él susurrara por su boca. Se escuchó decir:

—Las amaré siempre.

En ese momento la mujer del italiano les franqueó la entrada.

Elise salía del gabinete de curiosidades cuando alcanzó a ver a su hermana y a Giotto subir los escalones y apartar el cortinaje de la cámara oscura. Se aprestó a esquivar a la gente con la desesperación de quien ve que su barco está a punto de partir.

—¿No habías entrado ya? —le dijo la mujer cuando la vio aproximarse a la cámara, todavía sofocada por la agitación.

Elise negó vehemente con la cabeza y se introdujo en el pequeño cuarto.

Tuvo que esperar un par de segundos para que sus ojos se acostumbraran a la oscuridad. Entonces los vio. Vio a su hermana apoyada contra la pared donde se reflejaba el paisaje del río Limmat, sus casas aledañas y las puntas lejanas de la Grossmünster. El trazo de líneas se dibujaba en el cuerpo y el rostro de Clara como un sutil encaje de sombras. Y Giotto seguía con la punta de su índice izquierdo el trazo perfecto de la luz sobre la frente, las mejillas, el cuello de la muchacha.

Elise caminó resuelta hacia ellos. Uno y otra la miraron interrogantes. Por toda respuesta, Elise tomó la mano libre de Giotto y la introdujo en su seno. El muchacho sintió la calidez mórbida de aquel fruto como una oleada subyugante y estuvo a punto de retirar su mano izquierda del cuello de Clara, perdido en este nuevo placer.

Pero Clara se la retuvo y luego la deslizó por debajo de su corpiño.

Por unos instantes, Giotto tuvo el paraíso en sus dos manos.

**4**

Fue tal el éxito de Calabria en Zürich que el burgomaestre Steinbart lo obsequió con cartas de presentación para los cantones de Jura y Thurgau, cuyos representantes eran amigos suyos. A pesar de sus setenta años, el pintor de retratos Füssli se animó a visitar los afamados espectáculos de la colina de Lindenhof. Tenía noticia de las cámaras oscuras portátiles que usaban sobre todo los pintores flamencos, pero nunca había visto una. Aprovechó que no había tenido ningún ataque reciente de gota e invitó a su buen amigo Kaspar Lavater y a su ayudante, el joven dibujante de sombras, a compartir la berlina que la condesa de Reuss había dispuesto para el pintor de su casa familiar. La verdad es que el pastor acudió de mala gana, reacio como era a confiar en artefactos que compitieran con las habilidades que sólo el Señor había dispuesto para el hombre. ¿Acaso la destreza de Giotto no era superior a esa máquina para dibujar siluetas que habían puesto de moda los franceses y que sólo porque el príncipe de Baviera le había obsequiado una, la tenía arrumbada en su gabinete? Esfuerzos vanos y fatuos, como esos experimentos de alquimia y brujería para apresar imágenes que le había escuchado referir a un médico de Nürnberg.

Giuseppe Calabria abría sus puertas en las horas de la mañana para recibir a los visitantes distinguidos. En esta ocasión, él mismo ayudó a bajar al reverendo y al achacoso pintor de retratos de la carroza y cuando se procedió a las presentaciones, hizo una larga reverencia ante ellos. Al enterarse del nombre y del oficio de Giotto no pudo ocultar su sorpresa.

—¿Un dibujante de sombras? Entonces le interesará especialmente mi *camera admirabilis*, joven *sire*. Gracias a una lente *gotta d'acqua* he conseguido depurar la calidad de las sombras que ahí se crean desde el exterior. Pero *avanti, avanti, sires* —dijo franqueándoles el paso.

Giotto, que conocía a la perfección las dimensiones del cuarto desde la vez que estuvo ahí encerrado con las gemelas Huber, prefirió esperar fuera para que sus amigos estuvieran más cómodos. Apenas había corrido la cortina gruesa y pesada tras ellos, Calabria le hizo señas para que lo siguiera unos pasos. Colocándose de frente al río y al conjunto de construcciones de un Zürich efervescente pero todavía pueblerino, se aprestó a decirle:

—Cuánto mundo podría esperarnos a ti y a mí. Tú con tu arte y yo con mi cámara oscura y mi ingenio. Si de verdad eres ese Giotto de Winterthur, el dibujante de sombras de quien he oído hablar.

Y le reveló mil y un maravillas. Le habló del filósofo griego Aristóteles, quien fue el primero en afirmar que si se practicaba un pequeño orificio en la pared de una habitación oscura, un haz luminoso dibujaría sobre la pared opuesta la imagen invertida del exterior. También le habló de la primera descripción completa e ilustrada sobre el funcionamiento de la máquina oscura en los manuscritos del gran Leonardo, que le refirió un abate florentino con tanto detalle, que él mismo había podido bocetar unos diagramas propios que tiempo después conjuntaría con los pergaminos del padre Kircher para construir su cámara oscura rodante y con un sistema de espejos para corregir la posición invertida de las imágenes formadas. Maese Calabria sabía que desde la antigüedad las cajas o cámaras oscuras habían sido utilizadas para observar eclipses y que el mago Merlín, gracias a una de ellas, pudo revelar al rey Artús las tácticas de combate de los sajones, garantizándole así la victoria sobre sus enemigos.

Pero eso no era todo. La idea de que los cuerpos pudieran ser reproducidos fielmente a través de la proyección de sus sombras le parecía portentosa por cuanto creía con el sabio filósofo Platón —pero se guardaba muy bien de compartir su pensamiento con cualquiera, no fueran a acusarlo con las autoridades del cantón por heresiarca— que todo lo que existía en el mundo sublunar no era otra cosa sino un reflejo de un modelo más perfecto e inmutable. Por eso, cuando se enteró de los descubrimientos del alemán Schulze con aquellas prodigiosas sales de plata que se ennegrecían con la luz del sol, copiando en el proceso cualquier objeto que se les acercara, le pareció que por fin el hombre podía participar un poco de los dones de la divinidad. Y es que en verdad era prodigioso ver brotar el amanecer de una sombra en la superficie del pergamino argentado. Tan maravilloso como desesperante no poder detener el oscurecimiento total. Por eso había que conservar esas imágenes maravillosas en una carpeta y mirarlas sólo bajo el resplandor tenue de una vela, porque a la luz del día el mismo proceso mágico que había formado la imagen la destruía ennegreciendo todo el papel. Calabria había captado así la sombra de sus propias manos, la frágil transparencia de algunas flores disecadas y una variedad de caracolas e insectos de su gabinete de curiosidades. Todo eso le mostró a Giotto la noche previa a su partida para continuar ganándose la vida por otras tierras antes de regresar a la dulce Italia y protegerse del invierno.

—Y ahora voy a mostrarte mi mayor tesoro —dijo el italiano antes de abrir una carpeta protegida con una gruesa tela negra.

A la luz de una bujía a la que graduó a la mínima intensidad, Calabria extrajo uno por uno varios pergaminos, cuidando que no recibieran el resplandor de manera directa. Tan pronto se los mostraba a Giotto, volvía a colocarlos en su sueño de oscuridad en el interior del cartapacio. Lo hacía con tal fruición y apuro —mostrarlos y guarecerlos— que parecía temer que el milagro desapareciera.

Giotto avizoró aquellas imágenes desde un deslumbramiento que fue más bien un oscurecimiento. Asombro en su acepción más pura: aquello que nos sumerge en su sombra. Con ayuda de un vidrio curvado sobre un barniz con sales de plata, Calabria había registrado varias imágenes del eclipse lunar de 1769, el mismo que Giotto había contemplado sujeto a la montura de Lavater, la noche de su trayecto de Winterthur a Zürich.

Esas imágenes latentes, translúcidas con una tonalidad amarillenta oscura, dejaban todavía vislumbrar el sueño de la tiniebla por hacerse de luz.

—Después me enteré de que Fabricius d'Acquapendente, el famoso alquimista napolitano, llamaba a este barniz "luna córnea" —añadió maese Calabria ante el silencio del muchacho—. Y pensar que yo lo usé para capturar un eclipse que formaba una luna *cornuta*... ¿No es acaso singular y maravilloso cómo los seres y las cosas siempre tienen su correspondencia? Como si dijéramos, la mano y su sombra...

Embelesado con esa idea, estuvo a punto de sacar otra vez los pergaminos. Pero Giotto lo detuvo con el gesto suave del que prefiere no despertar a un delicado durmiente. Susurró al oído del italiano:

—O como si los opuestos se enamoraran: un ansia de luz por fijarse a través de las sombras.

## 6

Maese Calabria partió de Zürich una mañana
gélida de estío. El viento batía las alas de su
sombrero de piel y le abombaba la capa cuando
estrechó la mano del dibujante de sombras que
había ido a despedirlo.

—Se avecina un invierno tremendo…
Hay que emigrar, joven *sire* —dijo el italiano
mientras echaba un vistazo al cielo donde una
parvada de gansos caretos surcaba los aires como
una móvil espuma.

—Sí, hay momentos para hacerlo. Pero
todavía no es el mío —contestó Giotto observando la formación simétrica de las aves que
avanzaba más allá de la torre de St. Peter Kirsche, con su gran reloj dorado y su veleta en
forma de banderín blanco y azul, los colores del
pendón de Zürich.

—Cada cosa tiene su momento, muchacho. Así en el alto cosmos como en la tierra.
Pero estoy seguro que tu tiempo para emigrar
está ya próximo. No será difícil seguirme la pista
entonces.

Giotto lo miró descender la colina de
Lindenhof con su mujer y sus carromatos. En
la diestra sostenía la bolsa de cuero que maese
Calabria le había obsequiado con sustancias
químicas y fórmulas para prepararlas. Sacudió

la otra mano cuando el italiano, sin volverse a mirarlo, le hizo la señal de despedida desde el pescante. Giotto sonrió porque sabía que no se trataba de una despedida, sino de una promesa.

Le llevó días acondicionar la cabaña para transformarla en una gran cámara oscura. Con argamasa rellenó los huecos e intersticios y los cubrió con una mezcla de carbón y betún de Judea. En el techo construyó una suerte de chimenea giratoria accionada por una manivela, con un cuarzo pulido a manera de lente en un extremo y un espejo que le obsequió el pintor Füssli para captar y rectificar las imágenes del exterior.

Siendo un virtuoso en el dibujo de sombras, Giotto no necesitaba de ningún artefacto para mejorar su trazo. En otro tiempo, había desechado el uso de la máquina de Étienne de Silhouette para realizar retratos de sombras así se tratase del personaje más tortuoso y complejo que quisiera dibujar. El dispositivo que el prefecto francés había puesto de moda para llevar el registro de los deudores del tesoro público, con su cristal esmerilado y su placa de papel de cera para facilitar la copia, adosados a una silla especial, hacían pensar en una precisión mucho más fidedigna. Así que en más de una ocasión, el reverendo lo había obligado a usar la máquina de siluetas sólo para impresionar a sus visitantes mostrándoles al final, a modo de comparación, otro retrato practicado por el joven dibujante sin artefacto de por medio. Y

siempre había algo en aquellas sombras dibuja-
das por la mano maestra de Giotto que las volvía mucho más vívidas y exultantes. Mucho más
reveladoras.

Pero con la cámara oscura fue diferente.
Como si Giotto necesitara introducirse en ella,
vivir en su vientre gestante para sentirse pleno.
Por primera vez.

**8**

En el interior de su cabaña convertida en cámara oscura, Giotto no dibujaba las imágenes capturadas. Atisbaba un mundo. Un enramado de luz y sombra con otra clase de espesura. Como si dijéramos densidad y ligereza, espuma y piedra. Y en aquel estado de suspensión indefinida, el joven dibujante se descubría latente, palpitante, colmado y sin deseo alguno.

Simplemente vivo. O muerto.

Durmiendo por entero su sueño de sombra.

Hasta que llegaron a despertarlo. Las gemelas.

Giotto iba y venía por la ciudad casi dormido, cumplía con sus tareas de copiado en el gabinete del reverendo, y regresaba a su limbo.

Pero un sábado Clara y Elise se escaparon de la última recolección de membrillos de la temporada, un acto ritual y festivo para despedir el otoño que concluía con la preparación de mermeladas y conservas, y fueron a la cabaña.

Giotto supo que eran ellas porque vio sus sombras en el interior de la cámara, subiendo la ladera. En la penumbra del lugar, de pronto fue una sorpresa poseerlas ahí, por entero a su disposición, delinearles los rostros y los cuerpos, dibujarlas en la pared, como si las estuviera creando en ese mismo momento.

Apenas Giotto les franqueó la puerta, ellas entraron como dos haces de luz. Risueñas, juguetonas, apropiándose de la penumbra. Apropiándose de la voluntad del joven. Él les mostró los paisajes circundantes reflejados en las paredes interiores de la cámara oscura. Lo mismo el nido del estornino en las ramas altas del roble que protegía la cabaña, que la embarcación que en ese momento cruzaba el río Limmat rumbo al lago.

Se hacía tarde. Clara le hizo una señal a Elise que Giotto interpretó de despedida. Pero en vez de eso, ambas chicas comenzaron a desvestirse.

—Queremos ver cómo se refleja ese mundo de fuera en nuestra piel desnuda… —dijo Elise en un susurro y Clara continuó—. ¿Nos ayudas?

Giotto obedeció.

Acostumbrado a las sombras, Giotto era capaz de distinguir las formas tenues de Clara y Elise en la cámara oscura. Se habían quedado dormidas, una en brazos de la otra. Completamente desnudas. La grupa de una recordaba una mandolina. Los senos de otra, dos naranjas plenas. El cuello lánguido de alguna de ellas, la garganta exangüe de un ánsar. El recorte de un hombro, una hogaza de pan. Sus pubis rojizos, la llamarada de una flor voluptuosa.

Se trataba de un cuadro o una naturaleza demasiado viva.

También desfalleciente después del amor.

Por supuesto, el reverendo no veía con buenos ojos esa distancia, ese apartamiento, ese limbo. No conocía a ciencia cierta las causas, aunque sospechaba de Calabria y de las gemelas por igual. No en balde había sido testigo del deslumbramiento que provocaron Elise y Clara en su joven ayudante, durante el episodio de la goleta cuando estuvieron a punto de naufragar. Respecto al italiano, le había bastado ver salir a Giotto de la cámara oscura cuando le tocó su turno para adentrarse en ella, una vez que el pintor Füssli y el propio reverendo le hicieron espacio. Su rostro exaltado. Goce y excitación a flor de piel. Ignoraba Lavater que no era la primera vez que el muchacho entraba a la cámara, ni la compañía y circunstancias de esa visita. Por si las dudas, decidió arremeter con sus sermones.

"El deseo es tiniebla", aleccionaba Johann Kaspar desde el púlpito central de St. Peter Kirsche. Desconocía el poder que esas palabras invocaban. Un conjuro. Invitación a descender en la parte profunda de uno mismo. El movimiento de unas aguas hipnóticas convertidas en labios susurrantes: "Ven y bébeme…"

Irrenunciable.

La primera señal de desobediencia la constató el reverendo una mañana en que debían partir a Bremen, adonde el obispo Freeman, devoto de la fisiognomía y amigo personal de Lavater, lo había invitado a predicar sus aclamados sermones. El servicio de posta en el que viajarían, como una deferencia al pastor, retrasó media hora su salida en la plaza del Rathaus sin que el joven ayudante apareciera. En el interior del carruaje esperaban el comerciante de sedas Tobías Gessner y el primogénito de Lavater, el joven Heinrich que años más tarde repetiría ese mismo viaje acompañado por su padre pero en vez de continuar hasta Bremen se detendría en Göttingen, en cuya afamada universidad realizaría sus estudios de medicina.

Pero entonces el hijo del reverendo era un muchacho opacado como su abuelo y caprichoso y temperamental como su abuela. De hecho, había heredado la nariz altiva y los labios despectivos de Regula Escher. Aquel era el primer viaje largo que realizaba con su padre. Johann Kaspar había terminado por ceder a sus deseos después de la retahíla de reclamos de su vástago en los que siempre salía a relucir su predilección por el "huérfano", el recogido de Winterthur que se había apoderado de las atenciones y la deferencia que sólo a él, como único hijo varón, le correspondían. Le echaba en cara, por ejemplo, el episodio de los barquitos en el lago Zürich cuando estuvo a punto de morir ahogado. La verdad es que el joven Lavater era tan pequeño en ese entonces que no recordaba la anécdota en lo absoluto, pero había sido su abuela, la implacable señora Escher vom Glas, quien se la había pintado con tal lujo de detalles —incluidos los azotes que le propinaron a Giotto como castigo— que Heinrich la sacaba a colación como si el hecho lo hubiera marcado en la carne siempre renovada del resentimiento.

Así que cuando Heinrich miró a su padre entrar en el carruaje contrariado pero sin posibilidad de esperar más a Giotto, no pudo evitar una media sonrisa que le duró buena parte del camino. Lavater, por su parte, no podía dar crédito a lo que sucedía. Pensó en las cosas más atroces: que Giotto se había accidentado la víspera y se lamentó de no haber suspendido el viaje para correr en su ayuda. También cruzó por su mente la intervención del propio Heinrich para convencer al dibujante de sombras con desplantes y amenazas veladas. Pero en el fondo de su corazón, el pastor presentía que eran otras las razones de su ausencia y optó por permanecer reflexivo y callado durante el trayecto.

Cuando pasaron por Göttingen, Heinrich atisbó por la ventana el frontispicio de la universidad y pidió que se detuvieran. El reverendo rogó al conductor y al señor Gessner un poco de paciencia. Ambos se mostraron encantados de ayudarlo a pasar el disgusto de la anterior espera. Lavater vio a su hijo caminar y adentrarse en el vestíbulo principal unos pocos minutos. El muchacho regresó transformado: caminaba con más orgullo y dignidad y en el rostro traía sin lugar a dudas una nube rebosante de ilusión porque ya se imaginaba a sí mismo como uno de aquellos caballeros con los que acababa de toparse. Lavater pensó que tal vez la desobediencia de Giotto fuera obra del Señor para que comenzara a atender más a su propio hijo. Porque, bueno, qué culpa tenía el pobre muchacho de poseer tan pocos talentos si además había crecido opacado por la sombra del otro. Y en eso, a solas con su alma y el Divino Pastor, el reverendo Lavater se sabía responsable.

Pero muy pronto se disiparon sus culpas. La multitud que lo recibió a las puertas de la catedral de Bremen lo llenó de entusiasmo y gratitud. Su fama de predicador trascendía las lindes de su ciudad. Era tanta la gente que quería verlo y tocarlo que una guardia militar tuvo que abrirle paso hasta el púlpito donde daría su sermón.

Eligió el versículo del Eclesiastés "Es mejor ir a la casa del llanto, que ir a la casa de la alegría" para dar comienzo. Su ágil razonar, la suavidad o vehemencia de su tono, un aire de mesurada dignidad, su convincente habilidad gestual lo hacían parecer el capitán de un barco perdido aleccionando a su tripulación desde la proa. Ya estaba por concluir su discurso, las damas lloraban discretamente, los caballeros recogían la mirada, cuando el pastor de almas sentenció: "No hay lugar donde guarecernos. No somos sino huéspedes, peregrinos en esta tierra. Nuestras horas están contadas". En aquel momento, el reloj de la catedral comenzó a sonar. Lavater permaneció en silencio hasta que terminó la última campanada. Entonces continuó con severa honestidad: "Esta hora se ha marchado, y ahora estamos una hora más cerca de la eternidad…"

Fue un final apoteósico. Cuando descendió del púlpito, el obispo Freeman lo abrazó y su hijo Heinrich le besó las manos. La gente volvió a apelotonarse en su derredor y la guardia tuvo que franquearle la salida. Johann Kaspar estaba conmovido y satisfecho. Respiraba tan profundamente que la catedral entera le cabía en los pulmones.

Pero no pudo evitar echar de menos a Giotto. Mostrarle la gloria indecible de ver a esta grey desconocida dejándose pastorear por la bondad de su palabra.

## 14

Giotto recibió en silencio las palabras iracundas del pastor. Sus reclamos de sacrificio. Su perorata de piel de oveja para que regresara al buen camino. ¿Acaso el pintor por quien llevaba el nombre no había tenido una vida ejemplar? La dulzura de sus frescos con temas de la vida de Nuestro Señor Jesucristo y de los santos así lo atestiguaba. ¿Y él se iba a envilecer como uno de esos demonios arrojados por San Francisco de la villa de Arezzo? Porque apartarse del rebaño del Señor era convertirse en una sombra doliente y desesperada.

Había transcurrido casi un mes desde que Lavater y su hijo partieran a Bremen. El viaje se había extendido porque durante el trayecto los amigos de Weimar, Baden, Friburgo —incluidos el poeta Goethe y Carlota von Stein que por fin se habían encontrado, aunque sólo para amarse en la sombra, pues ella estaba ya casada con un hombre mayor— rogaban al reverendo que pasara a visitarlos y se quedara al menos unos días. Así, de una salida inicial de dos semanas el tiempo se fue alargando.

Por supuesto, el tiempo también se fue alargando para Giotto, pero ¿qué podía responder ante el enojo del pastor? ¿Revelarle sus avances en la cámara oscura con las sustancias de Calabria?

¿O la madrugada en que bajó con las gemelas al río? ¿Platicarle de la brisa que golpeaba
las copas de los álamos, perturbando el fluir del
Limmat bajo la luz de la luna y entonces, en
una línea casi recta entre la luna y las muchachas, el fulgor plateado de los sueños? ¿Confe-
sarle que en aquel momento percibió la
comunión de los cuerpos y los seres en un goce
que era a la vez sublime y carnal? ¿Hablarle de
ese preciso instante en que paisaje y cuerpos se
detuvieron en su ojo y en su memoria con la
perfección y volatilidad de un momento irrepe-
tible? ¿Y ese deseo súbito de poseer un medio
para perpetuar tanta belleza?

—Recuerda, Giotto, las palabras de San
Pablo... —le advirtió el pastor como alegato final—: "Todo lo que no proviene de la fe es pecado".

El joven retuvo aquellas palabras en su
cabeza después de que Lavater salió del gabinete, dejándolo con la encomienda de varios
dibujos pendientes para el primer volumen de
sus estudios fisiognómicos.

"Todo lo que no proviene de la fe, es pecado", repitió el dibujante de sombras sin asomo
de culpa ni arrepentimiento. Porque por más
oscuros o extraños que fueran los movimientos
de su alma, él se sentía colmado de fe. La certeza de caminar al lado de su propia sombra.

## 15

Fue sin duda un periodo de dicha para Giotto.
El universo que se revelaba en la piel de las muchachas o en un lienzo de papel o cuero blanco
que mojaba en una solución con las sales de
plata que le había dejado Calabria para luego
colgarlo de una de las paredes interiores de la
cámara. Previamente había orientado el tubo de
lentes y espejos en dirección de la vista elegida
para que la luz dibujara con dedos finos el trazado en sombras del paisaje. Eran retratos portentosos, vistas de la ciudad de Zürich y el río
Limmat como nadie hubiera podido realizarlas.
Con una delicadeza en la variedad de tonos y
una profundidad de campo que era como si hubieran abierto una ventana y ahí, al alcance de
la mano, pudiera tocarse un mundo creado a
imagen y semejanza de éste. Pero, por la acción
de los matices y las sombras, mucho más detallado y de mayor finura. También, por el hecho
de situarlo en las lindes del papel, de apartarlo
del resto del panorama, la perfección súbita de
un mundo exultante pero a la vez tan silencioso
que su belleza a menudo nos pasa inadvertida.
    También disponía escenas más cercanas,
aunque para ello tuviera que adaptar un segundo lente en el tubo que le servía de visor. La
enramada del roble que protegía la cabaña, los

viñedos en largas hileras que se extendían hasta el horizonte, el cajón que le servía de mesa cubierto con un mantel sobre el que había dispuesto un plato con uvas y membrillos y un florero que le había obsequiado la mujer de Lavater. Pero todas estas visiones estaban destinadas a desvanecerse a la luz del día. Por más que intentara fijarlas con barnices y soluciones de sal marina o betún de Judea. Por eso, las contemplaba en el interior de la cámara con una bujía graduada al mínimo como maese Calabria. Y se sentía entonces desdichado de poseer un tesoro destinado a desaparecer como las nubes que cruzaban la superficie del agua de un estanque para luego abandonarlo irremediablemente.

Mientras observaba el proceso de deterioro de las imágenes que inicialmente había expuesto más a la luz directa, su irremediable oscurecimiento, Giotto no podía dejar de pensar que la belleza es siempre fugaz e inasible. Y la felicidad que nos procura también.

## 16

Había dispuesto la cámara para capturar una escena al pie del roble con la única silla que poseía y sobre ella, un libro. El procedimiento se llevaba por lo menos un par de horas, así que decidió acudir al gabinete del reverendo y aprovechar la hora del almuerzo para regresar. Cuando lo hizo, descubrió que una de las gemelas Huber había estado rondando la cabaña en su ausencia. Pero no sólo eso. También se había sentado en la silla y tomado el libro en su regazo. Luego, se había mantenido mirando de frente al visor durante tanto tiempo que su imagen en sombra había quedado detenida en el papel. Con tal vehemen-

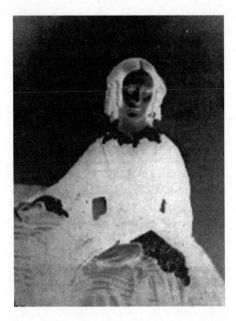

cia que sus ojos sólo brillaban oscuridad. Deseando quedar fija en la mirada de Giotto para siempre.

Por más que escudriñaba la imagen, Giotto no atinaba a saber quién de las dos hermanas le había dejado aquella señal de amor.

## 17

Solían verse los tres por la noche, cuando el pastelero Huber y su esposa llevaban ya un par de horas dormidos y las gemelas dejaban cojines en las camas simulando los pequeños bultos de sus cuerpos y corrían a deslizarse por la escalera de mano que ellas mismas habían confeccionado con cuerdas y maderas para descolgarla desde el primer piso donde dormían. Luego corrían embozadas y silenciosas hasta los primeros campos de viñas. Así había sido casi todas las noches en las últimas semanas sin que ninguna de las dos hermanas se cansara.

A menudo no hacían sino permanecer juntos, piel con piel, escuchando la respiración tenue de los otros. A menudo se amaban también, en una encarnizada lucha e inusual maceración de tres cuerpos. Hubo una noche en que no supieron en qué momento se habían quedado dormidos afuera de la cabaña. Una luna llena en lo alto refulgía con una claridad enceguecedora. De pronto, Elise sintió frío y se levantó a avivar el fuego que Giotto había dispuesto a pocos pasos de la estera donde se recostaron, pero la leña se había consumido por completo. Miró entonces a su hermana y a su amigo todavía entrelazados y pensó por un momento en guarecerse a su lado, pero no sería suficiente para protegerse del frío. Así que decidió envolverse en su chal e ir por más leña. Cuando regresó del depósito que estaba en la parte posterior de la cabaña, Clara y Giotto ya se habían despertado. Silenciosos y embelesados, todavía abrazados, contemplaban el firmamento. Elise apretó los leños contra su seno. La oscuridad circundante y el fulgor lunar revelaban a los dos jóvenes como una única sombra iluminada.

—Mira, Giotto —dijo Clara señalando la luna—. Está tan iluminada que parece más bien un hueco por donde alguien nos observa… Y la oscuridad que nos rodea, ¿no te parece que es como si estuviéramos en el interior de una gran cámara oscura y la luna el orificio por donde se cuela la luz?

Giotto miró en rededor perplejo. Emocionado le besó las manos a Clara.

—Y tú y yo somos entonces sombras reflejadas en la gran cámara oscura de este mundo

—dijo el joven—. Y si somos sombras, reflejos de otros seres, ¿te estoy amando allá de una forma más perfecta y plena que aquí? No lo creo...

Elise no pudo resistirlo. Dejó caer la leña que traía lo mismo que dejó caer el cuerpo en una inconsciencia profunda como el sueño de la muerte.

Las visitas nocturnas se suspendieron. Una debilidad quebrantaba el cuerpo y el ánimo de Elise a tal punto que sus padres llamaron al doctor Widmer, el mismo que había atendido a las gemelas desde su primera escarlatina. Apenas ver a la joven postrada, el viejo Jeremiah Widmer supo que aquella era una dolencia del alma pero —ahí estaba una tosecilla seca que irrumpía repentinamente— podía agravarse.

—Demasiado humor melancólico —dictaminó el doctor con su parquedad habitual—. Habrá que sangrarla.

Clara presenció y ayudó al doctor durante todo el procedimiento. En el momento de la incisión de la cuchilla en el brazo de su hermana y mientras brotaba ávidamente el primer chorro de sangre, no pudo evitar un espasmo de dolor y se cubrió la cara con las manos. Cuando las apartó, la mirada de Elise la enfrentó con dureza. Desde una irrevocable fragilidad enemiga.

Clara se guardó de derramar una sola gota de la sangre de Elise. La puso a serenar durante las noches en una vasija de plata hasta que la sangre se hizo escamas y luego polvo. Vertió el polvo en una ampolleta y la escondió en un armario. Habían transcurrido un par de semanas desde que Elise cayera enferma sin que pudiera apreciarse mejoría alguna. Entonces decidió ir por Giotto. No le costó trabajo convencer al joven para que la acompañara y, protegidos por la noche, se deslizaron hasta la casa familiar.

Antes de dejar la cabaña, Clara le pidió a Giotto el primer retrato de sombras que les había hecho a ella y a su hermana en la cámara oscura.

Sin saber lo que hacía o cuáles eran las secretas razones que la llevaban a actuar de aquel modo, en la penumbra de una luna nueva, Clara pinchó un dedo de Giotto y después uno propio para extraer unas gotas y luego mezclarlas con el polvo de la ampolleta que había traído consigo.

Con la mezcla así creada procedió a rellenar el dibujo de la sombra de su hermana.

Clara prefirió dejar solos a su hermana y a Giotto. Comenzaba a alborear cuando regresó para decirle al dibujante que debía marcharse.

Apenas entreabrir la puerta, encontró sus cuerpos entrelazados, a la deriva de la entrega y la reconciliación. No pudo dejar de advertir el rostro bienaventurado de Elise, el goce y la vida que otra vez respiraban en ella y dudó un instante de perturbarla.

Finalmente despertó a Giotto, que se desprendió suavemente del cuerpo de su amiga. Se vistió en silencio y luego se descolgó por la escalera de cuerda. Aún no había desaparecido por la ventana, cuando el muchacho buscó una de las manos de Clara que se asomaba para verlo partir y recoger la escalera. Entonces depositó un beso en la punta de sus dedos. Fue una señal de agradecimiento y devoción.

Elise contemplaba la escena desde su cama y enfrentó a su hermana cuando ya el joven había terminado de marcharse.

—Júrame que te harás a un lado… Que me dejarás a Giotto sólo para mí.

El rostro de Elise llameaba furia. De seguro a Lavater le habría encantado copiarlo para ejemplificar el vicio de la ira.

Clara, en cambio, contempló a su hermana con asombro: qué lejos la dulce y tierna Elise de toda la vida. Y entendió que el amor también puede abrirnos por dentro, revelarnos otros, desconocidos.

Cuando todo parecía que se había acabado para él en la villa de Zürich, justo antes de que emprendiera su camino hacia Italia, Giotto contemplaría los retratos de las hermanas Huber. Dobles, cómplices, una frente a la otra, invertidas, como dos caras de la misma moneda. ¿Cómo no haberlas amado a ambas si eran complementarias y necesarias una a la otra para ser en plenitud? Cuerpo y sombra, positivo y negativo de una dualidad intercambiable.

Enfrentó por fin el retrato de Elise que Clara había coloreado con sangre.

Era una sombra encarnada y poderosa.

Como el peso irremediable de su recuerdo.

Mientras tal acontecía, Elise se recuperaba. Volvía a sonreír y a dar paseos breves con su hermana. Podía vérseles cómplices y amigas de nuevo. Así las encontró Giotto un sábado en que coincidieron sin ponerse de acuerdo en la Heim Platz, adonde el muchacho había ido a surtirse de sales de plata en el establecimiento del farmacéutico Boker. El joven las saludó con formalidad. No se quitó el sombrero porque no solía usarlo salvo en invierno, pero hizo una leve inclinación. Ellas se detuvieron y, como un par de muñequitas de caja musical, giraron con pasos saltarines, cada una en sentido opuesto. Al terminar, dijeron al unísono:

—Buenos días, maestre Giotto von Winterthur.

Y se alejaron en medio de una risotada, enlazadas en un abrazo fraternal.

Giotto las miró perderse ligeras y volátiles por la calle de los tilos y creyó que las cosas volverían a ser como antes.

Se recargó en un pilar y cerró los ojos. Su interior también era una cámara oscura donde se dibujaba el recuerdo sublime de las gemelas. Su entrega absoluta. Su calidad de sombras sometidas a la voluntad de la mano que las delineaba según la luz espesa de su deseo.

## 23

Elise le pidió a Clara que le llevara a Giotto un sobre lacrado.

"Tendrás que elegir a una de las dos", decía el mensaje que leyó el joven la noche que acudió Clara a visitarlo en la cabaña.

—¿Por qué no puede entender tu hermana que las amo a las dos? ¿Por qué no puede ser todo como antes? —exclamó Giotto abatido.

Una luna creciente se acunaba en el firmamento. Afuera de la cabaña convertida en cámara oscura el mundo yacía increado, durmiendo su sueño de espesura y tiniebla. El canto de los grillos que resonaba en derredor no hacía sino expandir el murmullo de esa gestación secreta de los seres y las cosas antes de ver de nuevo la luz.

Clara se sentó al pie del roble que resguardaba la cabaña. Su voz nítida y grave, con la resolución de quien ha sumado y restado cuentas en el ábaco de su destino, declaró:

—Yo tampoco lo entiendo, Giotto. Pero he venido a despedirme. No he leído el mensaje, pero sé de sobra lo que dice. Si acepté venir es porque confío en que podré convencerte.

—¿Convencerme? —preguntó el muchacho, contrariado.

Clara echó un vistazo a la luna. Mirándola con atención era posible vislumbrar la zona oculta de su superficie rugosa y opaca. Hubiera querido decir: "Mira, Giotto, hasta la luna tiene sus secretos, sus partes oscuras…", pero en vez de eso sentenció:

—Debes elegir a mi hermana. Por el bien de todos.

Giotto se echó a los pies de la muchacha. Y comenzó a sollozar. No podía engañarse. No había esperanza ya. El pacto, el paraíso estaban rotos.

## 24

—Está bien… Acepto… —dijo Giotto de Winterthur cuando por fin dejó de sollozar. Clara le había estado acariciando las manos y susurrándole al oído: "Es lo mejor, así tiene que ser".

El joven dibujante se apartó un poco. Tras recomponerse, tomó el rostro de su amiga entre sus manos.

—Pero quiero pedirte algo. Ven…

Entraron a la cabaña. Había una bujía encendida que permitía atisbar el escaso mobiliario. Giotto colocó el cuero limpio de una res blanca en la mesa, después trajo un ánfora y unos retazos de tela. Le explicó a Clara cómo debía humedecer y extender por secciones la solución de sales de plata para impregnar toda la superficie del cuero en la oscuridad. Porque la operación debía realizarse a oscuras y sólo sus manos podrían saber hasta dónde había sido cubierta la piel del animal.

Una vez que estuvo preparada, la dejaron secar durante casi una hora. En ese lapso, Giotto y Clara permanecieron abrazados como una sola carne, un solo suspiro, una sola voluntad.

El joven se desprendió del abrazo de su amiga para verificar que la piel estuviera seca. Entonces la plegó con cuidado y la envolvió en una tela oscura. Salieron al exterior de la cabaña.

El fulgor de la luna caía desde lo alto del cielo. Arrodillado, el joven colocó el envoltorio en el suelo y volvió el rostro hacia Clara.

Clara supo entonces que debía desnudarse. Cuando terminó de quitarse la última prenda, Giotto descubrió y extendió el cuero.

La muchacha se tendió sobre la piel preparada para entregarle la huella de su cuerpo y de su amor.

Elise no pudo soportar la espera. Había acordado con Clara aguardar en cama su regreso con la respuesta de Giotto para no correr el riesgo de una recaída, pero las horas se prolongaban sin que su hermana apareciera.

Descendió la escalera plegable y corrió en dirección de los viñedos. Su cuerpo todavía convaleciente la obligó a detenerse en varias ocasiones. En el final del recorrido, tuvo incluso que sosegar el paso para continuar.

Le iluminaba el camino la luz argentada de la luna pero sobre todo la luz niebla de su ansiedad.

Cuando llegó por fin a la cabaña y contempló a los amantes, esa luz niebla se hizo oscuridad.

Casi amanecía cuando Clara regresó a casa. Elise no estaba por ninguna parte. Despertó a sus padres y rápidamente la noticia de su desaparición despertó a los otros habitantes de la ciudad. Se organizaron grupos para ir en su busca por las inmediaciones del río y el lago.

El reverendo Lavater fue de los primeros en acudir a casa de las gemelas para tomar referencias. Cuando estuvo frente a Clara, no pudo dejar de advertir, observador como era por sus trabajos fisiognómicos, una tonalidad gris azulada en una parte del rostro de la muchacha, precisamente en la sien y el pómulo que había recargado en la piel preparada con sales. Al principio, no era tan evidente pero conforme la luz del sol incidía sobre su cara, la tonalidad iba tomando mayor coloración. Clara argumentó que, al darse cuenta de la desaparición de su hermana, en su urgencia por dar con ella, se había tropezado y golpeado. Johann Kaspar le examinó los golpes con cuidado. Hijo de un médico a quien desde niño había auxiliado con algunos de sus enfermos, conocía bastante bien el proceso inflamatorio de una contusión.

—Qué raro… —musitó el pastor intrigado—. No presenta inflamación ni el color cárdeno de la primera fase. Claro, después suele pasar al morado y luego al verde… Pero este tono gris azulado, casi lunar…

Pero otros asuntos apremiaban. Se despidió y reunió a Giotto, a su hijo Heinrich y al capataz Rüdi para buscar a la muchacha desaparecida. Para sorpresa de Giotto, les ordenó dirigirse al área de viñedos. Cuando se encontraron frente a la cabaña, no pudo negarse a ofrecerles un poco de agua. El pastor quiso conocer el nuevo espacio donde habitaba su joven dibujante de sombras. El fuerte olor de sustancias químicas repelió a Heinrich y al capataz, que prefirieron esperar fuera. Pero no así el reverendo, que se cubrió la prominente nariz con un pañuelo, y procedió a traspasar el umbral. El haz de luz que se colaba por el tubo de lentes y espejos dibujaba en la pared del fondo un paisaje bordado de sombras, detallado y sutil, de la villa de Zürich como nunca antes lo había visto Lavater. Tuvo que reprimir su alborozo, su exultante alegría por ese milagro del Señor que así permitía adelantar en su ciencia a su joven discípulo.

—Así que con este juguete te distraes y nos descuidas —reprendió el reverendo antes de dirigirse a la hilera de frascos y redomas con sustancias diversas. Cuando iba a destapar el ánfora con la solución de sales de plata, Giotto le suplicó que no lo hiciera.

—Ya veo… Se trata de "luna córnea", ¿verdad? Esa plata que ennegrece por las artes demoniacas de los alquimistas y esos otros herejes que, réprobos y blasfemos, quieren compartir los secretos de Dios…

Antes de salir de la cabaña y reanudar la búsqueda, Lavater enfrentó al muchacho.

—Ten cuidado, Giotto. Detente antes de que sea demasiado tarde…

Era entrada la mañana cuando la sirvienta que hacía la limpieza en la pastelería Huber bajó a la bodega para, aprovechando la ausencia de los patrones, probar la mermelada de membrillo que ella misma había ayudado a elaborar en días anteriores.

Fue entonces que vio el cuerpo de la gemela desaparecida. Pendiendo en el aire como una muñeca cruel con la que nadie podría ya jugar.

# Parte IV
## Sólo luz

## 1

El pastor había dicho: "Tú, Giotto de Winterthur, tú, carbonero de nombre inexistente, tú no tienes derecho a nada..."

Pero Giotto no se detuvo. Caminó con paso desolado pero firme para seguir el rastro de Giuseppe Calabria en Italia o donde fuera. Después de la muerte de Elise necesitaba escapar.

El reverendo se mantuvo todavía unos minutos en la puerta de Lucerna de la muralla suroeste de la ciudad. Su rostro crispado por la rabia hubiera sido un caso a ilustrar en el libro de fisiognomía cuyo segundo tomo por entonces preparaba: cómo se asoma la locura aún en los temperamentos más apacibles. Pero su orgullo lo obligó a reponerse y regresar a su parroquia a preparar el discurso de bienvenida que las autoridades del cantón le habían encargado para recibir al príncipe Eduardo de Inglaterra. Lavater sabía que el príncipe, así se lo había expresado en una carta, lo visitaba en realidad a él, para que le hiciera una cartilla fisiognómica y un retrato de sombras. Ahora tendría que trabajar solo y desempolvar la máquina para dibujar siluetas. Qué remedio.

Apenas se perdió un poco calle abajo, una figura se animó a traspasar la muralla. Llevaba casaca y pantalones oscuros, un bonete de lana ciñéndole la cabeza y un porte esmirriado que mal ocultaba bajo un capote. El guardia de ronda creyó sin lugar a dudas que se trataba del tímido escribiente de la condesa de Reuss.

Pero se equivocaba. Cuando, a la mañana siguiente, el abatido pastelero Huber pidió ayuda para encontrar ahora a su hija Clara, al guardia Keim nunca se le ocurrió pensar que tras del dibujante de sombras había partido aquella muchacha, huérfana de su gemela, disfrazada de varón, que era como tenían que viajar muchas de las mujeres en aquella época cuando se decidían a hacerlo solas.

De todos los lugares que Giotto de Winterthur conoció durante los dos años que estuvo lejos de Zürich, fue sin duda la villa italiana de Asís la que más acarició su corazón atormentado. Después de todo, era lógico que quisiera conocerla llevando por nombre el mismo del pintor florentino, cuyos frescos podían contemplarse en la Basílica de San Francisco del lugar.

El viejo pintor Füssli le había entregado una carta de identidad y oficio como dibujante de sombras que le permitió contratarse en los trabajos de remozamiento que, por esos años, llenaron de andamios el muro norte de la nave superior de la basílica, precisamente donde el Giotto original había pintado las escenas de iniciación de la vida del Santo. Los frescos, cubiertos por una pátina de hollín y polvo de siglos, corrían el riesgo de ser limpiados y aclarados en exceso sin la guía de un ojo experto que delimitara contornos y siluetas de cada una de las composiciones. Fue así como el abad y oficial mayor de la obra creyó providencial la llegada de aquel joven dibujante, que por lo demás había trabajado en el gabinete fisiognómico del afamado reverendo J. K. Lavater. También es cierto que lo habían cautivado las suaves maneras del muchacho, la sencillez de su trato, esa mezcla de dulzura y melancolía con que contemplaba el mundo. Pero, sobre todo, lo había predispuesto su nombre. El hecho de que Lavater lo hubiera llamado como el pintor original, según explicaba Füssli en su carta, debido a la feliz coincidencia de aquel episodio de su niñez: pintar retratos sobre las piedras del mismo modo que el auténtico Giotto había sido descubierto por Cimabue pintando ovejas.

De este modo, Giotto pudo disfrutar a sus anchas los frescos de su predecesor. Le maravillaban, por ejemplo, los gestos que humanizaban las escenas más gloriosas y solemnes: la contención de la mano de Bernardone, padre del futuro Santo, cuando Francisco se despoja de sus ropajes y renuncia a la fortuna familiar para, sólo cubierto por un paño rústico, ofrendar su pobreza al Altísimo. El dibujante de sombras no dejaba de observar la sutileza del pintor florentino para resolver la escena de *La renuncia de los bienes* a través de una secuencia de detalles: desde el puño del padre indignado, a las manos devotas de Francisco alzadas en plegaria, a la diestra de Dios que irrumpía sencilla y casi humana entre un manto de nubes para otorgar su bendición.

Pero de las veintiocho narraciones sobre la vida del Santo, Giotto prefería sin dudarlo *El sermón a los pájaros* porque le parecía que en ese fresco el Giotto verdadero había conseguido la perfección de su arte, logrando que pinceladas y composición se fundieran en un auténtico espíritu de sencillez y fraternidad franciscana, tal y como el vuelo de las palomas lo representaba, acudiendo amorosas al llamado del fraile.

Para captar hasta los mínimos detalles, imperceptibles al ojo, había construido una cámara oscura de reducidas proporciones. También tuvo que viajar a la vecina Florencia para hacerse de sales de plata. El abad no pudo menos que maravillarse de aquellos retratos de sombras que había que atisbar a la luz mínima de una bujía.

—Es una pena que estas imágenes se diluyan como el agua —exclamó entristecido cuando Giotto le explicó que el proceso no podía detenerse.

—Son como la belleza o la felicidad… siempre fugaces, siempre efímeras —señaló el joven mientras guardaba los pergaminos en el interior de una gaveta.

En cambio, el fresco que más evitaba era *La expulsión de los demonios de Arezzo*. No podía ser otro el cuadro que el reverendo Lavater le había pintado con palabras para que regresara al camino de la fe y la obediencia. Ahora era demasiado tarde. Se había convertido en una sombra doliente y desesperanzada.

Lo evitaba pero a menudo su mirada se perdía en aquel remolino de almas perdidas, murciélagos humanizados, oscilando entre el temor y el desconsuelo.

Había un demonio en particular que le despertaba piedad. El rostro cubierto y el cuerpo recogido, incapaz de soportar tanta desolación.

Fue en una de esas ocasiones en que, contemplándole y abismándose en su propia desesperanza, percibió la presencia de alguien que lo observaba al pie de la portada central.

Se trataba del mismo muchacho que lo había seguido a la distancia en su trayecto desde Zürich y de quien Giotto se había percatado desde los primeros días. Siempre silencioso e inevitable como una sombra.

**4**

Semanas después de abandonar Asís, Giotto alcanzó por fin a Giuseppe Calabria en la ciudad umbra de Spoleto. Además de la alegría de volver a verlo, el italiano lo recibió con la noticia de que era posible eternizar las imágenes de la cámara oscura. A su paso por Milán, se enteró de un médico piamontés que había conseguido "detener" el oscurecimiento de las vistas logradas en pergaminos argentados. Giotto escuchó con atención como si estuviera a punto de revelársele un misterio.

—Por desgracia, nadie podrá aprovechar su invento —añadió Calabria como si repentinamente le hubieran desinflado el ánimo de un pinchazo—. Su laboratorio explotó por la *polvere* con que también trabajaba… Todo me lo contó el farmacéutico que le conseguía las sustancias y a quien le mostró una de sus imágenes eternizadas a plena luz del día.

Giotto no pudo evitar una exhalación de abatimiento.

—No, joven *sire*… No debemos decaer. Si el médico logró hacerlo, aunque no sepamos el modo, eso significa que el *miracolo* es posible.

5

Fue así como el gabinete de curiosidades dio
cabida a un laboratorio ambulante. Ante el público mostraban experimentos vistosos pero lejos de contentarse con el asombro que tales
actos de magia despertaban, maese Calabria,
fiel al espíritu racionalista de la época, buscaba
compartir y diseminar el conocimiento cientí-
fico. Claro que, fiel también a su espíritu de
empresario de atracciones, solía hacerlo con experimentos que tuvieran un aura espectacular
por más que su esencia fuera simple: mercurio
líquido que vertía en las manos de sus especta-
dores y que de súbito se transformaba en esfe-
ras plateadas, llamaradas brillantes del averno
que provocaba con la sublimación del fósforo
en roca al contacto con el aire. A sugerencia de
Giotto, incluyeron el *scotophore*, un artilugio
que el muchacho había comprado en la feria
de Lucerna a un mercader de pigmentos,
cuando dejó Zürich. Con ayuda de Calabria,
habían descubierto sus componentes: creta,
plata y ácido nítrico que mezclaban ante la mirada curiosa de los asistentes. Entonces los
efectos se desencadenaban, el ácido se mez-
claba con la plata y el *scotophore*, fiel a su nombre, era capaz de crear tinieblas en plena luz
del día.

Durante la noche o en los momentos de descanso, Giuseppe Calabria y Giotto de Winterthur perseveraban en sus propios experimentos. De pueblo en pueblo, de ciudad en ciudad, buscaban a médicos, profesores, ceramistas, sacerdotes, pintores, indagando por sustancias y compuestos que les permitieran lograr su sueño. Probaron con alumbre diluido en una solución mínima de agua regia, con gelatina animal mezclada con suero y creta, con betún de Judea y clara de huevo, con vinagre y carbón pulverizado, sucesivamente vapores de yodo, mercurio y azufre, con sal de mar y otra vez a intercambiar los elementos y a probar nuevos.

Fue una de esas noches infructuosas en que habían decidido dejar por la paz los trabajos del laboratorio para refrescarse en la taberna más cercana, cuando maese Calabria se volvió para ver al personaje que los seguía en la oscuridad. Dio unos pasos hacia él y le increpó:

—Tú también deberías acompañarnos, en vez de seguirnos como una sombra.

Por toda respuesta, la figura se ocultó en uno de los portones más próximos.

Giotto y Calabria reanudaron el paso.

—¿Desde cuándo sabes de su presencia? —se animó a preguntar el joven cuando atisbaron la lanterna de la vinería.

—Hemos recorrido la Umbría, Lacio, Campania, Calabria como mi nombre y ahora vamos de regreso por los pueblos de Basilicata… En cada villa he visto a ese joven seguirnos los pasos. Aparecer y desaparecer como un recuerdo pertinaz o… una condena.

El italiano calló por unos instantes. La algarabía en el interior del local anunciaba esa disipación de los sentidos que sólo se consigue en compañía de mucha gente alrededor, el renacimiento de un espíritu tribal y gregario que da la cercanía con otros cuerpos y cuya comunión facilita el licor.

—No sé lo que habrá pasado entre ustedes… Algo muy grave por cierto, entre tú y él, es decir, entre tú y ella… ¿Una de las gemelas, no es cierto? Pero en todo caso, el perdón es la única medicina para el alma que sufre.

**6**

Bajaba una noche por el laberinto de callejuelas del pueblo de Matera cuando decidió enfrentar a la sombra que lo seguía.

—Por favor, detente…

Clara, que se mantenía oculta por el traje de hombre y la oscuridad, vaciló un momento. Era la primera vez desde su huida de Zürich que Giotto se dirigía a ella.

—Es hora de hablar —dijo el joven con voz resuelta. Al ver que ella se recargaba en el pilar de una fachada y esperaba, Giotto se decidió a acercarse.

Apenas a tiempo antes de que Clara se tambaleara y desvaneciera. La alzó en brazos y mientras cargaba con ella, reconoció la levedad de su cuerpo. Un respiro, una exhalación apenas.

Antes de llegar a los carromatos de Calabria con el cuerpo de la muchacha en sus brazos, Giotto tuvo que hacer un alto en una fuente adonde confluían varias callejuelas. Una luna menguante se asomaba inconstante entre las nubes nocturnas. Fue en uno de los momentos en que derramaba su luz incierta que pudo observar cómo refulgía en el rostro de la chica con una tonalidad gris argentada. Lo mismo en su cuello y en sus manos. Clara se recuperaba para entonces y alcanzó a percibir la mirada de asombro del muchacho.

—Es por las sales de plata que he tomado… Quería regalarte la sorpresa de mi piel como un lienzo para tus imágenes cuando me perdonaras.

La miró entonces frágil y generosa. Una luna tenue en la plenitud agónica de su entrega.

Desandaron el camino hacia Zürich. El médico que auscultó a la muchacha dictaminó sin esperanzas un envenenamiento gradual y prolongado que alguna vez había escuchado llegaban a padecer los trabajadores de minas de plata en el Nuevo Mundo. Argiria. Consciente de lo que sucedería, Clara le hizo a Giotto un pedimento: ser enterrada con Elise.

Calabria dejó a su mujer en Matera y partió con la joven pareja en el interior de la cámara oscura rodante. Se detenían apenas lo necesario y así tardaron tan sólo dos semanas en llegar. Entraron a la villa de Zürich por la puerta de Lucerna. Fue el mismo guardia que había visto partir a Giotto dos años atrás —y el mismo que no reconoció a Clara cuando partió detrás del muchacho vestida de hombre— quien le franqueó la entrada al italiano y sus carromatos, creyendo que iba a dar su espectáculo de curiosidades científicas y sus imágenes pintadas por el pincel de la luz y la naturaleza como la vez anterior.

"El objeto de tu amor es tu Dios", escribiría alguna vez el pastor Lavater en un libro de aforismos que fue conformando a lo largo de los años y que su otro amigo de la infancia, el pintor Heinrich Füssli, tradujo al inglés en una edición que tuvo por frontispicio un grabado del poeta y artista William Blake, quien además lo convirtió en su libro de cabecera, en la época en que la influencia del reverendo suizo seguía en apogeo.

¿Cuál fue ese objeto de amor para Johann Kaspar Lavater? Durante años su afán por hacer el bien, por lograr el mejoramiento de la humanidad —claro es que guiada por sus sermones y su guía—. También su ansia de conocimiento, su interés por la palingenesia de Bonnet, sus libros sobre fisiognomía, sus investigaciones sobre una nueva corriente: el mesmerismo que años después le permitiría tratar con cierto éxito las dolencias nerviosas de su esposa, la siempre fiel y amorosa Anna Schinz.

En resumidas cuentas, el objeto de amor de Kaspar Lavater era un dios de varias facetas pero de un solo esplendor: la gloria de saberse elegido él, pastor de Zürich, para desempeñar altas tareas encomendadas por el Redentor.

Por eso, ante la ausencia de su discípulo, acometió con más enjundia sus trabajos fisiog-

nómicos, llegando a publicar dos de los tres volúmenes de sus *Physiognomische Fragmente zur
Beförderung der Menschenerkenntnis und Menschenliebe*, que le darían fama más allá de los
confines de su patria. Fama pero también críti-
cos y adversarios. Fue difícil para el pastor de
Zürich salir incólume de ataques tan malinten-
cionados como el del profesor de la Universidad
de Gotinga, Georg Christoph Lichtenberg, uno
de los detractores más acérrimos de la fisiognomía lavateriana, quien se preguntaba en un co-
mentario no exento de sarcasmo e ironía:
"Entonces, de acuerdo con Lavater, si un niño
presenta los rasgos fisiognómicos correspon-
dientes al tipo asesino, ¿deberemos ahorcarle
para evitar que se convierta en tal?"

A la irritación inicial ante la visión de-
terminista de sus estudios y mientras elaboraba
una respuesta cabal en la que subordinaba la fisiognomía como una forma de conocimiento a
la sabiduría del Señor, que había también de-
positado en cada uno la llama del libre albedrío,
el reverendo se perdía en disquisiciones parale-
las. Pensaba, por ejemplo, en el retrato que le
hizo a su amado Felix Hess, toda aquella calma
y sosiego con que lo había representado pues
conocía mejor que el propio amigo los verda-
deros motores de su alma buena. También se
atrevió a sacar de su escribanía un folio que tenía guardado bajo llave: ahí, de su puño y lápiz,
un primer retrato que le había hecho a Giotto
a escondidas, cuando el pequeño se creía dibujando a solas. La fisiognomía podía ser una he-

rramienta de estudio, un molde para definir comportamientos y atisbar el alma. Pero los seres humanos siempre se salían de las reglas y trabajaban en la sombra. Si no, que viera ese presuntuoso de Lichtenberg el perfil de Giotto de Winterthur: toda esa dulzura y delicadeza de sentimientos que reflejaban la frente amplia, la nariz recta, la suave curva de su labio superior. Ese rostro de ángel vuelto sobre sí mismo que alguna vez fué el dibujante de niño.

## 10

Antes de morir, Clara tuvo una mejoría notable. Saberse en Zürich y ver por la noche la ciudad donde había crecido con su hermana fueron razones suficientes para su alma. Además, estaba con Giotto en la cabaña abandonada de los viñedos donde habían sido felices los tres. Hasta allá los había acercado maese Calabria una noche sin luna pues era el único sitio donde podían permanecer ocultos, no solamente porque de enterarse sus familiares y las autoridades del cantón los apartarían y responsabilizarían al dibujante de lo sucedido, sino porque la piel de Clara no podía ya resistir la luz del sol.

Se apagaba y consumía como una de las imágenes grabadas en los pergaminos preparados con sales de plata que Giotto guardaba escrupulosamente para evitar su total oscurecimiento.

Pero a la luz sosegada de la luna, Clara podía dar paseos alrededor de la cabaña, sostenida del brazo de su amigo.

Una noche, habían regresado de nuevo los dolores en el abdomen, Clara le hizo saber a Giotto que el final se adelantaba.

—Debes saber —le dijo al pie del roble que resguardaba la cabaña— que, desde la muerte de Elise, te he amado con un corazón doble: el mío y el de mi hermana. Y así como ella no te ha abandonado después de muerta haciéndome seguir tus pasos, así permaneceremos contigo cuando yo también muera. Prepararás un nuevo cuero con la solución mágica y yo te regalaré la huella de mi alma.

Cuando todo estuvo listo, Clara se colocó desnuda y abierta a un lado del cuero y dejó que la luna trabajara sobre ella. Giotto capturó su misterio con un espejo inclinado que se reflejaba en la superficie preparada. Permanecieron horas inmóviles hasta que el muchacho juzgó que era suficiente.

Entonces vieron los dos la imagen formada.

Era una boca que mandaba un mensaje de amor perenne. Se trataba de un ojo que miraba ciega y perturbadoramente.

Giotto contemplaría ya solo, en el interior de la cabaña, a la luz apenas perceptible de una brizna de fuego, aquel mensaje de amor de Clara, su huella concentrada.

Y se maravillaba de que en un espacio tan breve, un nudo apenas donde se entrecruzaban líneas y sombras, estuviera cifrado el centro del universo.

El reverendo Lavater tuvo un presentimiento cuando escuchó decir a una de las mujeres que limpiaban su parroquia haber visto un fantasma por los viñedos.

—¿Un fantasma? —preguntó inquieto.

—Sí, señor ministro —contestó la mujer haciéndose espacio entre las otras—. Un fantasma. ¿Porque qué persona tendría una piel como de roca brillante en la noche sino un alma en pena o un aparecido?

El reloj de St. Peter Kirsche había dado las doce cuando el reverendo se animó a salir embozado de su casa. A pesar de que ya no era tan joven, no le costó mucho tiempo ni esfuerzo cruzar la ciudad por el Rathausbrücke y dirigirse al otro lado del río Limmat hasta dar con la zona de viñedos.

Cuando estuvo frente a la cabaña donde había vivido su ayudante, le pareció que nadie la había visitado en tiempos recientes, tal era el abandono del lugar. Se retiraba ya decepcionado cuando, entre dos maderos, alcanzó a percibir una brizna de luz en el interior. Probó a empujar la puerta, que cedió sin esfuerzo. En efecto, sobre una mesa se hallaba una bujía encendida que le permitió orientarse en medio de la oscuridad. Vislumbró entonces en un anaquel del fondo frascos con polvos y suspensiones. Y un baúl cubierto con una tela gruesa. Sin pensarlo dos veces se dirigió a él y se aprestó a abrirlo. Uno a uno, examinó los pliegos, cueros y pergaminos que extrajo de su interior a la luz del quinqué, que había graduado a su máxima intensidad.

Surgieron vistas de la ciudad de Zürich como una filigrana de sombras. También naturalezas muertas y paisajes de los alrededores. Por supuesto, reconoció a las gemelas Huber en varias de las imágenes atesoradas. Sus cuerpos desnudos y florecientes. Al fondo encontró lo que creyó una imagen desconcertante: apenas una ojiva resplandeciente, un haz de luz, o más bien, un haz de sombras. ¿Qué podía ser aquello sino el ojo del maligno, la boca del infierno?

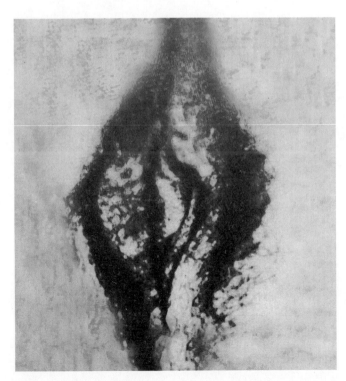

A sus espaldas, percibió un movimiento y entendió que Giotto acababa de llegar.

Lo enfrentó con las pruebas de su perdición entre las manos.

No hubo tiempo para aclaraciones. Apenas Giotto descubrió que el reverendo exponía sus tesoros a la luz implacable del quinqué, se abalanzó a recuperarlos. Forcejearon y rodaron por el piso. Johann Kaspar no era un hombre joven pero una furia incontrolable lo animaba a atacar: saberse una suerte de San Miguel buscando exterminar al ángel réprobo.

El quinqué cayó un poco después que ellos y extendió su furia flamígera entre los pergaminos con las imágenes grabadas sobre las sales de plata y luego se extendió a la madera, las escasas ropas, el anaquel con frascos de sustancias y fórmulas químicas.

Tan pronto se vio rodeado por el fuego, Giotto se percató de la inutilidad de su lucha: su tesoro de imágenes estaba perdido. Soltó al reverendo, quien se dio a la fuga.

"Arde con tus deseos y tus imágenes del averno...", fue la última frase que le escuchó decir a su antiguo mentor.

El fuego reconcilia.

A la mañana siguiente, cuando aún humeaban los últimos rescoldos de la cabaña, ninguno de los labradores que ahí se congregaron encontró más que cenizas y fragmentos de vidrio.

"El fuego también es redentor", comenzó a decir el reverendo Lavater en su servicio de ese día.

Cuando Johann Kaspar Lavater estaba próximo a morir por las heridas que le propinó un soldado de la ocupación napoleónica en Zürich, casi veinte años después de los hechos que nos han ocupado, regresaba a él un sueño desconcertante. Una y otra vez para sumirlo en la soledad, en la angustia de haber perdido a los seres que más amaba. Ni la palingenesia, ni la fisiognomía, ni el mesmerismo que le ocupó sus últimos años pudieron a la postre renovarle la esperanza de reencontrar a su amigo Felix Hess. Con el poeta Goethe todo había terminado tan abruptamente a pesar de sus intentos por atraerlo al cristianismo que sólo de recordar su última frase: "Apártate, sofista, o atente a los golpes", se sumía en el abatimiento. Del muchacho de Winterthur, aquel a quien había bautizado con el nombre de un pintor italiano, ni siquiera era capaz de nombrarlo cuando estaba a solas.

Demasiados recuerdos amargos.

Entonces se refugiaba en los brazos ya cansados de Anna Schinz. Por unos instantes lo invadía la fragancia que exhalaba su regazo y se olvidaba lo mismo de sus dolencias y pérdidas que de las arengas contra los franceses que le ganaron de nuevo el aplauso entre sus compatriotas y amigos. Apaciguado por esa reconciliación momentánea, volvía a soñar.

"Sólo hay oscuridad en derredor. No puedo verlo, pero sé que estoy en medio de un laberinto. Delante de mí, corre un muchacho desnudo y comienzo a perseguirlo. Corre juguetonamente como lo hacen los niños cuando se resisten a bañarse. Su cuerpo y sus movimientos revelan ternura y son también dulces y confiados. Su risa estalla de pronto en cascabel cuando gira hacia mí levemente el rostro para comprobar que continúo tras él. Sólo se trata de un juego, pero no hay nada en el mundo más importante para mí que este juego. De pronto, acelera el paso y desaparece en un recodo del laberinto.

"Vuelvo a quedar solo entre las tinieblas. Estoy perdido. La angustia y el terror me convierten de súbito en un niño. Comienzo a sollozar. Entonces escucho el cascabel de la risa del muchacho justo atrás de mí. Me vuelvo al instante y reconozco por fin quién es.

"Vamos —me dice cómplice mientras comienza a alejarse de nuevo—. Se trata de que nunca me des alcance…"

Con mano titubeante, el pastor escribió su sueño en un pliego de papel que luego miró consumirse con la esperanza de exorcizarlo. Pero el fuego nunca parecía ser suficiente. Qué diferencia con las sombras que invadían y se dispersaban por doquier en esta tarde gris y apagada que era como el paralelo de su vida. El perfil en sombra de la ventana se destacaba como un